KB178341

심장 소리에 귀를 기울일 때

심장 소리에 귀를 기울일 때

초판 1쇄 인쇄 · 2018년 12월 22일
초판 1쇄 발행 · 2018년 12월 27일

지은이 · 이성호
펴낸이 · 한봉숙
펴낸곳 · 푸른사상사

주간 · 맹문재 | 편집 · 지순이 | 교정 · 김수란
등록 · 1999년 7월 8일 제2-2876호
주소 · 경기도 파주시 회동길 337-16 푸른사상사
대표전화 · 031) 955-9111(2) | 팩시밀리 · 031) 955-9114
이메일 · prun21c@hanmail.net
홈페이지 · http://www.prun21c.com

ⓒ 이성호, 2018

ISBN 979-11-308-1397-4   03810
값 13,800원

이 도서의 국립중앙도서관 출판예정도서목록(CIP)은 서지정보유통지원시스템
홈페이지(http://seoji.nl.go.kr)와 국가자료공동목록시스템(http://www.nl.go.kr/
kolisnet)에서 이용하실 수 있습니다.(CIP제어번호 : CIP2018041737)

시와 음악을 만나는 산문

심장 소리에 귀를 기울일 때

이성호 지음

푸른사상
PRUNSASANG

참을 수 없이 덥던 여름도 어쩔 수 없이 슬쩍 떠났습니다. 그리고 산에는 노란 단풍이 노을처럼 물들기 시작했습니다. 아침저녁으로는 가을바람이 서늘합니다.

작년 이맘때쯤 '금아 피천득 다시 읽기'라는 강연회가 심산 기념문화원에서 열렸습니다. 지난해 봄이 피천득 시인의 서거 10주기였습니다. 다른 네 분과 함께 참여한 이 강연회에서 나는 '생동하는 삶의 찬미 : 금아의 시와 산문'이라는 주제로 강연을 했습니다.

돌아보면 피천득 선생님과 사제지간의 연을 맺은 지도 오래되었습니다. 나는 그동안 학교에서 영미 소설을 강의했습니다만, 시 읽기에 관심을 놓지 않게 해주신 분은 바로 피천득 교수님이셨습니다. 선생님에게 감사하는 마음을 늘 갖고 있습니다.

지난봄엔 속초에 가서 해돋이 구경을 했습니다. 같이 갔던 국문학 교수님이 새로 냈다며 『어머니의 꽃밭』이라는 책 한 권을 선물하였습니다. 간결한 문체에 직접 그린 유화가 매 글마다 곁들여 있어서 흥미로웠습니다. 그리고 여름이 시작되기 전에 역시 직접 찍은 희귀 들꽃 사진에 시와 산문을 하나하나 함께 묶은 『들꽃, 시를 만나다』라는 책을 가까이 지내는 영문학 교수님으로부터 받았습니다. 이 두 책의 그림과 글, 사진과 글과 시에 정신을 팔려서 나는 더위마저 잊고 여름을 지낼 수 있었습니다.

그 사이에 틈을 내서 '금아 읽기'의 강연 초록을 정리하였습니다. 그리고 앞 두 책을 읽으면서 책상 위에 놓아두었던 나 자신의 글을 생각하게 되었습니다. 지난 1, 2년 동안 가끔 잡지와 신문에 실렸던 것들입니다. 그림이나 사진이 있는 것도 아니고 일관된 주제가 이어지는 것도 아니지만, 시와 음악에 관한 이 작은 단상들이 어쩌면 관점의 다양함을 나름대로 보여줄 수 있지 않을까 하는 생각이 들었습니다. 그래서 이것들을 한데 묶기로 했습니다.

맨 앞에 강연 텍스트를 실었습니다. 그리고 가능하면 이 강연과 연관을 지으면서 독자 중심으로 시를 읽고 음악을 듣는 글들을 골랐습니다. 이어서, 교육 문제와 같은 건조한 담론과 여행기 같은 가벼운 산문을 실었습니다. 개중에는 이미 발간된 나의 산문집 중에서 다시 읽고 싶은 글을 몇 편 골라 넣은 것도 있습니다.

전통적인 글 읽기에 비춰보면 다소 조심스러운 이야기지만, 한 문화권에서 수용될 수 있는 독자 중심의 글 읽기는 권장되어야 한다고 나는 생각합니다. 문학을 좋아하는 사람들이 글 읽기에서 즐거움을 얻을 수 있고, 또 문학 읽기 교육의 기초가 될 수 있기 때문입니다. 이와 관련하여 몇 가지 의견을 전해주신 분들께 감사드립니다.

산문집을 다시 내주신 푸른사상사 대표님과 편집부 여러분께 감사의 말씀을 전합니다.

2018년 늦가을에 저자

■ 차례

2 시와 음악을 만나는 산문

3 가벼운 여러 단상

1

생동하는 삶의 찬미

— 금아 피천득의 시와 산문

Henri Matisse, *Polynesia, The Sea*, 1946

들어가기

　　　　　주위 책장에 책이 많이 꽂혀 있고 공간이 넉넉한 이곳 심산기념문화원 강의실에서 여러분을 만나게 되어 반갑습니다. 특히 금아 피천득 시인의 시와 산문을 사랑하시는 분들과 이렇게 자리를 함께하게 되어 더욱 반갑습니다. 저는 피천득 교수님의 대학 제자입니다. 시에 대한 관심을 놓지 않게 해주신 선생님께 늘 감사한 마음을 갖고 있습니다.

　곧바로 말씀을 시작하겠습니다. '문학작품'이란 작가가 잘 빚어놓은 항아리 같은 것이라고 우리는 오랫동안 믿어왔습니다. 키츠(John Keats)가 찬양해 마지않던 「그리스 항아리의 노래(Ode on a Grecian Urn)」 속의 '항아리'를 염두에 두고 하는 말입니다. 그래서 우리는 그 온전한 항아리를 이해하기 위해 이를 객관적으로 들여다보아야 한다고 생각했습니다. 이런 신념으로 들여다보는 사람, 즉 독자는 감성적으로 끼어들기보다는 합리적으로 이해를 해야 한다는 전통적인 '작품 중심의 글 읽기'가 존중되었습니다.

그러나 시대가 바뀌면서 독자의 목소리가 커졌습니다. 독자도 자기 입장에서 시/산문을 읽을 수 있어야 한다는 자각이 생긴 것입니다. 이 말은 시/소설을 완성된 '항아리', 이른바 문학작품이라기보다는 여러 가능성을 껴안고 있는 하나의 '자산'으로 본다는 뜻입니다. 이 실체를 우리는 문학 텍스트라고 부릅니다. 말하자면 독자가 만나서 대화를 나눌 멋있는 파트너라고 할 수 있습니다.

우리가 만일 이런 시/산문을 읽으면서 어떤 기쁨을 느낄 수 있다면, 이는 독자가 텍스트와 어지간한 지적/정서적 공감대를 형성하고 있다는 이야기가 됩니다. 더구나 우리가 그 공유 공간에 대해서 일정 부분 설명을 할 수 있다면, 그러면 그 만남은 금상첨화 격으로 더욱 의미 있게 될 것입니다. 우리는 그 타당한 설명을 진정한 의미의 '작품(work)'이라고 합니다. 부부가 옥동자를 얻는 격입니다. 여기서 '타당하다'라는 말은 한 문화권이, 또는 인류 문화가 받아들일 수 있는 영역에 속한다는 말일 것입니다.

우리는 오늘 금아 피천득 시인의 시와 산문을 읽으면서 앞서 말씀드린 그런 옥동자를 얻어보려고 합니다. 달리 말하자면, 피천득 시인의 낯선 문학 텍스트를 함께 만나면서, 사실 모든 새 텍스트는 낯설지만, 새로운 문학적 반응을 보이고, 또 이에 대해 합당하게 말하고 써보자는 것입니다. 독자에 따라 또는 때에 따라 그 만나는 태도가 다를 수 있습니다. 따라서 그 어떤 독자 반응도 '틀렸다'고 말하기보다는 '다르다'라고 받아들일 수 있다는 넓은 의미의 다짐이 필요합니다.

고목이 천년을 기다리는 '너'는 누구인가?

텍스트와의 만남 : 생동

　　　　　　　　금아 피천득은 적지 않은 시와 산문을 내놓았습니다. 이것들은 사실 우리 같은 독자들을 한껏 기다리고 있는 보물함 같은 것이라고 할 수 있습니다. 그중에 시집 『생명』이 있습니다. 여기에 실린 「비 개고」라는 짧은 시가 특별히 우리의 눈길을 끕니다.

> 햇빛에 물살이
> 잉어같이 뛴다
> '날 들었다' 부르는 소리
> 멀리 메아리친다
>
> ―「비 개고」 전문

시 제목이 이 시의 상황을 미리 일러줍니다. 긴 장맛비나 짧은 소나기가 막 지나고 이제 햇빛이 넘쳐흐르는 물길을 비춰주고 있습니다. 숨을 가다듬고 산뜻한 기분으로 4행으로 된 이 짧은 텍스트를 읽습니다. 그러면 앞 두 행에서 햇살에 물살이 뛰는 장면을 보게 됩니다. 그런데 그 물살이 잉어같이 뛴다고 합니다. 보는 이의 가슴을 두근거리게 하는 생동의 현장입니다.

분명히 시 속의 화자는 "물살이 잉어같이 뛴다"고 했습니다. 이런 비유는 물살을 곧 잉어로 바꾸어 읽을 수 있는 계기를 마련해줍니다. 이것은 화자의 의도된 기법이라고 할 수 있습니다. 독자의 사유를 넓혀주는 방법이기도 합니다. 이는 미당의 「국화 옆에서」에서 국화가 누님으로 변신하는 것과 비슷합니다. 미당은 국화를 "내 누님같이 생긴 꽃"이라고 했습니다. 그러나 그의 비유가 정적이라면 금아의 비유는 동적입니다.

쏟아져 내리는 시냇물살을 거스르며 오르는 잉어의 활력찬 몸짓은 정말 대단합니다. 여기서 '물살을 거스르는 잉어'

라는 말은 독자가 창의적으로 장면을 넓혀가는 여백 채우기 입니다. 감성적인 독자라면 이 자의적 결정 과정에서 즐거움을 느낄 수 있습니다.

이어가는 두 행은 앞서의 동적 이미지를 찬미하는 장면입니다. "날 들었다"라는 말은 지체 없이 널리 알리는 감탄사일 것입니다. 이 탄성은 사람을 또는 산돼지까지도 모으는 "부르는 소리"로 확장됩니다. 이 소리는 모두 모여 생동하는 잉어의 참된 모습을 함께 보자는 초대장입니다. 생동하는 삶에 대한 예찬입니다.

독자가 텍스트와 소통하는 방법 중에 하나가 연상입니다. 나는 여기서 불현듯 로버트 프로스트(Robert Frost)의 「목장 (The Pasture)」을 떠올립니다. 금아는 프로스트를 직접 만나 교분을 나눈 일도 있지만, 그의 시를 여러 편 우리말로 옮기기도 했습니다. 그중에 하나가 이 「목장」입니다. 샘물을 치우고 갓 낳은 송아지를 보러 가자는 권유의 시입니다. 마찬가지로 「비 개고」에서 "날 들었다"라고 부르는 소리가 바로 생동하는 삶의 현장으로 함께 가자는 초대가 아니겠습니까. 그 부름에 메아리가 화답을 합니다.

세상 만사가 거저 평범한 존재 양식의 연장만은 아닐 것입니다. 존재하면서 서서히 때로는 갑작스럽게 드러나는 '자기 속내'야말로 시인이 찾는 진실이 아닌가 생각합니다. 피천득 시인은 앞의 시「비 개고」에서처럼, 다음 시에서도 그 본연의 몸부림을 아름다움으로 느끼고 이를 찬양하고 싶었던 것 같습니다. 다음은 그의 다른 시「바다」입니다.

> 저 바다 소리칠 때마다
> 내 가슴이 뛰나니
> 저 파도 들이칠 때마다
> 피가 끓나니
> 아직도 나의 마음
> 바다로 바다로 달음질치나니
>
> —「바다」전문

금아는 「가을」이라는 시에서 "호수가 파랄 때는/아주 파랗다//어이 저리도/저리도 파랄 수가."라고 칭송한 적이 있습니다. 호수가 호수답게 파래야 하는 것처럼, 바다는 파도가 밀고 밀리는 우렁찬 소리를 내야 합니다. 그럴 때 바다는 바다다운 모습이 드러납니다. 이런 당찬 파도 소리는 듣는 사람의 가슴을 뛰게 만듭니다. 밀물과 썰물이 리드미컬하게 교차하면 우리들의 맥박이 함께 뛰노는 것은 자연스러운 우주의 호흡입니다.

독자가 자신의 지난 경험을 불러오는 것도 글 읽기를 의미 있게 만듭니다. 나는 몇 해 전에 태평양을 배로 건너다가 그 한가운데에서 집채만 한 큰 파도를 만난 일이 있습니다. 새벽 5시쯤 캐빈에서 내다보이는 그 파도는 호랑이의 입속을 닮았었습니다. 밀려오는 파도 소리는 태평양을 뒤엎을 만했습니다. 나는 이 시를 읽으면서 문득 두려웠던 그때의 사고를 떠올렸습니다. 그 큰 파도가 밀려오고 또다시 밀려오면 엄청난 율동미를 느끼기도 합니다. 금아는 이런 위협적인 생동감을 찬미하고 싶었던 것 같습니다. 그래서 그는 바다로 내달리고 싶은 마음을 숨기지 않았습니다. "달려간다"는 말은 '찬미한다'의 다른 말일 것입니다.

금아의 시집 『생명』에는 「붉은 악마」가 들어 있습니다.

붉은 악마들의

~~끓는~~ 피

숫! 숫! 숫 볼이

적의 문을 부수는

저 아우성!

미쳤다, 미쳤다

다들 미쳤다

미치지 않은 사람은

정말 미친 사람이다

—「붉은 악마」 전문

2002년 한일월드컵 축구 경기를 앞두고 쓴 시입니다. 이를 4/4박자로 읽으면 피 끓는 응원가처럼 들립니다. 제목부터 「붉은 악마」입니다. 이제는 지나간 응원 열기이지만, 아직도 우리의 마음을 뒤흔듭니다. 더구나 이것이 시어가 되어 "악마의 피가 끓는다"라고 리듬을 타면, 그 전의는 배가됩니다. 게다가 '상대편 골문'이 아니라 "적의 문을 부순다"니 그 아우성은 더욱 거세질 수밖에 없습니다. 그 아우성은 지난 역사 속에서 익숙했던 '말없는 아우성'이 아니라 '미친 아우성'이 되었습니다.

이렇듯 아우성다운 아우성은 진실한 아우성이라고 할 수 있습니다. 여기에도 생동의 아름다움이 배어 있다고 하면 지나친 말일까요? 금아 자신도 이때 붉은 악마 티셔츠를 손수 입고 응원을 할 만큼 정열적이었습니다. 어찌 되었든 '미치도록 소리 지르지 않는 사람이야말로 정말 미친 사람'이라고 지목하는 시인의 반의적 찬양은 절말 좋습니다.

금아는 우리들에게 궁상맞은 삶의 모습을 보여주고 싶지는 않았던 것 같습니다. 그렇다고 형이상학적인 가치를 앞세우지도 않았습니다. 오히려 우리의 삶에서 자연스럽게 솟아나는 진한 감성 같은 것을 보여주고 싶었던 것 같습니다. 샘솟는 이런 숨결은 끈질긴 설명으로 표현하기 어려운 그 어떤 순간일 것입니다. 금아는 빛나는 별과 베토벤 교향곡 9번을 좋아했습니다.

이 순간 내가
별을 쳐다본다는 것은
그 얼마나 화려한 사실인가
…(중략)…

이 순간 내가

제9번 교향곡을 늘을 수 있다는 것은

그 얼마나 찬란한 사실인가

—「이 순간」 부분

별은 어둠을 뚫고 빛납니다. 어릴 때 시골 마당 멍석에 앉아 하늘을 쳐다보면, 잡힐 듯이 주먹같이 큰 별들이 정말 눈부시게 빛납니다. 금아는 그런 별을 볼 수 있다는 사실을 화려하다고 했습니다. 베토벤의 제9번 교향곡은 우리가 알고 있듯이 많은 일화를 남긴 곡입니다. 특히 제4악장은 실러(F. Schiller)의 시에 곡을 붙인 것으로, "모든 생명이 기쁨을 마시며/자연을 숨쉬고/모든 악과 선은/그녀가 뿌린 꽃길을 따르리"라는 삶의 환희를 혼성 사중창으로 노래하고 있습니다. 금아는 빛나는 별을 보는 삶의 화려함을, 그리고 환희에 찬 음악을 듣는 삶의 찬란함을 찬미하고 있습니다.

텍스트와의 만남 : 간결

생동하는 삶의 본질은 '나다움' 속에 있지 않나 생각합니다. 영어로 'being'이라는 말에 숨어 있을 그런 뜻일 것입니다. 영어에서 'being'은 단순히 존재하기(to exist)라는 뜻이 아니라 '자기답기'라는 말일 것입니다. 가령, 소설가 D.H. 로렌스 소설에 등장하는 고양이는 뛰어난 민첩성 또는 민감성을 보여주는 상징성을 갖고 있습니다. 어찌 되었든 가식을 벗어버린 '나', 순결한 '너', 고고한 '우리'라고나 말할 수 있는 '진실함'일 것입니다. 금아는 이런 '진정한 나임'이 드러나는 순간 또는 경지를, 앞서도 잠깐 보았지만, 우리와 함께 만나보고 싶어 했습니다. 그는 영문학 강의 중에 '근사하다'라는 말을 자주 썼습니다. 아마도 어떤 이상적인

'나임' 또는 아름다운 '너임' 또는 진실한 '우리임'에 아주 가깝다는 뜻이 아니었을까 되새겨봅니다.

이런 고고한 모습을 금아는 간결한 시로 읊었습니다. 문학 텍스트의 두 바퀴는 내용과 형식입니다. 내용은 소박하고 진지해야 그 높은 경지에 도달할 수 있습니다. 형식도 가볍게 날 수 있어야 했습니다. 다음은 진솔한 내용과 가벼운 형식이 잘 어울리는 「새」입니다.

그래
너 한 마리 새가 되어라

하늘 날아가다가
네 눈에 뜨이거든

나라와 마른 가지에
잠시 쉬어서 가라

천년 고목은
학같이 서 있으려니

―「새」 전문

무의미한 존재 양식을 모두 뛰어넘는 한마디가 '그래'가 아닌가 생각합니다. 이 말은 '그렇지'라고 모든 것을 받아들이면서도 단호한 결의를 보여줍니다. 그래서 바로 이어 엄청난 상상의 시상 속으로 접어들 수 있었습니다. 간결미를 보여주는 2행의 첫 연입니다. 한마디로 '너'는 한 마리 새가 되라고 지목합니다.

2행으로 된 네 개의 스탠자 중에서 두 번째 연은 하늘을 나는 새의 여로입니다. 외로운 여행길인 듯싶습니다. 그 다음 세 번째 연까지를 함께 보면, 날다가 마른 가지가 보이면 내려 앉아 잠시 쉬어 가기를 권유합니다. 여기서 "네 눈에 뜨이거든"이 어떤 인연을 암시하는 것 같기도 합니다. 간결한 한 삶의 방식을 넌지시 보여주고 있다고도 할 수 있습니다.

마지막 연입니다. 그 나뭇가지의 몸통인 고목은 학으로 상징되는 고고한 모습으로 천 년의 세월 동안 '너'를 기다리고 서 있습니다. 엄청난 시상입니다. 무한한 하늘을 날던 '너'는 그 어떤 인연으로 이곳에 앉았다가, 그러다가 고매한 자태로 다시 떠날 수도 있다는 행간을 읽을 수 있습니다. 금아가 불교에 심취했던 일이 있었는지는 확실치 않지만, 그의 다른 시 『서른 해』에서 이렇게 말했습니다 : "길들은 염주를 헤어보듯/인연의 햇수를 세어본다." 이 시를 미루어보면, "천년의 고목"은 불가에서 말하는 영겁(永劫)의 시간 동안 한결같이 '너'만을 기다리는 바로 '나'인지 모릅니다.

그리고 고목인 '나'는 학같이 서서 '너'를 기다리겠다고 합니다. 금아는 또 다른 시 '만남'에서 바로 이 학 같은 '나'의 모습을 그렸습니다. 여기 마지막 연에서 마음의 연인일 '너'를 드디어 만나게 됩니다. 경건함을 느끼게 하는 아름다운 인연으로 천 년의 세월을 이어놓은 '너'와 '나'의 해후입니다.

　　　　그림엽서 모으며
　　　　살아왔느니

　　　　쇼팽 들으며
　　　　살아왔느니

　　　　겨울 기다리며
　　　　책 읽으며―

고독을 길들이며
살아온 나

너를 만났다
아 너를 만났다

—「만남」 전문

　여기서 지목하는 '너'가 누구인지 나는 모릅니다. 앞서서
막연히 '너'를 화자인 금아 마음속의 우아한 연인일 것이라
는 말을 했을 뿐입니다. 잠시 금아의 또 다른 시 「너」를 보겠
습니다. 이 시는 많이 읽히고 널리 알려졌지만, 여기서도 '너'
의 모습을 구체화하기는 쉽지 않습니다. 명확한 것은 지순한
'너'를 구도의 마음으로 그리워하고 있다는 사실뿐입니다.

눈보라 헤치며
날아와

눈 쌓이는 가지에
나래를 털고

그저 얼마 동안
앉아 있다가

깃털 하나
아니 떨구고

아득한 눈 속으로
사라져가는
너

—「너」전문

다시 '너'를 생각해봅니다. '너'를 단순히 이상적인 연인쯤
으로 넘기기는 아쉬움이 남습니다. 영미 문학을 깊이 연구하
고 영미 시를 일생 동안 강의해온 피천득 교수는 어쩌면, '너'
의 이미지를 서구 문학에서 얻었을지도 모릅니다. 피천득 교
수는 아일랜드 문학을 좋아했습니다. 특히 '영국시 강독' 수
업 도중 가끔 「이니스프리의 호수 섬」을 쓴 시인 예이츠(W.B.
Yeats)와 그의 연인 모드 곤(Maud Gonne)에 대해 언급하였습
니다. 그리고 당시 한국정신문화원에서 있었던 한국영어영
문학회 학술대회에서 '예이츠의 시와 모드 곤'이란 특별 강연
을 한 적도 있습니다. 아시다시피 예이츠는 환상적인 낭만시

를 많이 썼습니다. 그런데 그 중앙에는 늘 모드 곤이 있었습니다. 가령, 「세상에서 가장 아름다운 꽃 장미(The Rose of the World)」가 있습니다. 이 시에서 서양미의 상징인 장미를 앞세운 헬렌(Helen)은 틀림없이 모드 곤을 두고 한 말입니다.

예이츠는 이렇듯 아름다운 외모뿐만 아니라 고결한 내적 아름다움까지 갖춘, 그러면서도 자부심이 넘쳐흐르는 모드 곤에게 청혼을 여러 번 했습니다. 그러나 결국 거절당했습니다. '너무 사랑하기에 떠날 수밖에 없다'는 모드 곤의 거절 편지를 받아 읽는 예이츠의 슬퍼하는 모습을 피천득 교수는 강의 중에 몸소 묘사하기도 했습니다. 여기에 덧붙여 모드 곤이 예이츠와 헤어지기 전 바닷가를 같이 거닐며 갈매기가 되고 싶다는 말을 남겼다고도 전해주었습니다. 어찌 되었든 예이츠는 거의 일생 동안 모드 곤을 흠모하며 살았습니다. 그는 후에 만혼을 하여 딸을 얻었습니다. 요람에서 잠든 딸을 위해 기도시를 썼습니다.

「딸을 위한 기도(A Prayer for My Daughter)」입니다. 예이츠는 이 기도문에서 떠난 모드 곤을 아쉬워하고 원망하듯, 아름다움을 내세우며 교만과 고집을 부리지 말고, 예절 바르고 고결하고 친절하고 전통적인 여성의 미덕을 잦춘 그런 사람이 되기를 기도하였습니다. 다소 혼란스러운 대목이지만 여전히 모드 곤이 그 저변에 깔려 있습니다. 자만심이 아니라 자존심을 지키며 친절할 수는 없는 일인지 모르겠습니다.

이렇게 따져보면, 영미 시문학에 정통한 피천득 시인이 혹시 예이츠의 이런 행적에서 '너'의 이미지를 얻었을지도 모른다는 짐작을 해봅니다. 상당히 주저하면서 하는 말입니다. 어찌 되었든 확실한 것은 금아가 단아하면서도 고귀한 '너'의 모습을 그리워하고 있었다는 사실입니다. 어쩌면 생전에 자기 자신을 염두에 두고 '너'라는 이름을 빌렸는지도 모릅니다. 이렇게 생각하는 사람들도 많이 있습니다. 어찌 되었든 '너'와 '나'를 바꾸어 읽는다 해도 그것은 우리 독자에게 흠이 되지 않습니다.

시와 산문

이번엔 시와 산문에 대한 이야기입니다. 원래 시는 리듬을 타는 말의 짜임새입니다. 시는 압축적이고 간결합니다. 그러나 산문은 그렇지 않습니다. 산문은 상상의 너비가 시보다 좁습니다만, 대신 생활과 가깝고 구체적이고 설명적입니다. 이런 두 장르의 관계에 대해서 피천득 시인은 한 인터뷰에서 이렇게 말했습니다 : "나 자신 시인이 되고 싶었고, 직접 시를 쓰기도 했습니다. 그런데 독자들이 내가 쓴 수필과 산문을 많이 사랑하게 되면서 내가 쓴 시들이 그늘에 가려진 듯한 느낌이 듭니다. 사실 나에게 있어 수필과 시는 같은 것입니다." 이렇게 보면 '시적 산문'이라는 말이 떠오릅니다.

실제로 금아는 시의 감성적 요소가 돋보이는 산문을 많이 썼습니다. 대부분 절제가 있으면서도 리듬을 타는 산문들입니다. 금아의 글이 짧으면 시고 길면 산문이라고 부를 만합니다. 우리가 익히 알고 있는「수필」이라는 수필이 있습니다.

수필은 청자 연적이다. 수필은 난이요, 학이요, 청초하고 몸맵시 날렵한 여인이다. 수필은 그 여인이 걸어가는 숲 속에 난 평탄하고 고요한 길이다.

—「수필」 중에서

간결하기가 시 같은 산문입니다.

「인연」이라는 조금 긴 산문이 있습니다. 우리에게 잘 알려진 이 산문은 일본에 머물렀을 때 만난 소녀 아사코와 연관된 이야깁니다. 이 글은 조금 길어서 여기서는 언급하지 않고 지나칩니다만, 단편소설 같기도 한 산뜻한 산문입니다.

다음은「멋」과「봄」이라는 산문의 일부입니다. 활기찬 젊음을 찬양하는 시상이 이 산문에서도 엿보입니다.

변두리를 툭툭 건드리며 오래 얼러보다가 갑자기 달려들어 두들기는 북채, 직성을 풀고는 마음 가라앉히며 미끄러지는 장삼 자락, 이것도 멋있는 장면이다.

—「멋」 중에서

봄이 오면 무겁고 둔한 옷을 벗어버리는 것만 해도 몸과 마음이 가벼워진다. 주름살 잡힌 얼굴이 따스한 햇살 속에 미소를 띠고 하늘을 쳐다보다 보면 곧 날아갈 수 있을 것 같다. 봄이 오면 젊음이 다시 오는 것 같다.

—「봄」 중에서

"사실 나에게 있어 수필과 시는 같은 것입니다."

끝맺기

우리는 금아 피천득 시인의 시와 산문을 부분적으로 읽으면서 새 이야기를 만들어보려고 했습니다. 물살이 잉어로 변신하여 뛰는 모습에서 생동하는 삶의 아름다움을 보았습니다. 밀어닥치는 파도 소리에서 우주의 숨소리를 들었습니다. 그리고 새의 모습으로 이어지는 청순한 모습도 보았습니다. 시적 산문의 경쾌함을 느끼기도 했습니다. 독자와 텍스트가 함께 만나는 이런 글 읽기가 오늘 시를 읽은 우리들에게 작은 기쁨이 되었길 바랍니다. 그리고 앞으로 다른 문학 텍스트를 읽을 때에도 조그마한 도움이 될 수 있기를 희망합니다. 건강하십시오.

2

시와 음악을 만나는 산문

Claude Monet, *The Avenue*(detail), 1878

새것을 불러들이는 아침 종소리

파란 하늘이 멀리 차갑다. 작은 소 망을 가만히 말해보고 싶은 아침이다.

송구영신하는 마음을 이렇게 말한 사람이 있다. 알프레드 테니슨이다. 그가 쓴 「인 메모리엄」의 일부다.

종을 울려 낡은 것을 몰아내고, 종을 울려 새로운 것을 불
러들이자.
즐거운 종들아, 눈 덮인 들녘을 가로지를 종을 울려라.
지는 해는 가게 놔두고 :
종을 쳐서 거짓을 몰아내고, 종을 쳐서 진실을 맞이하자.
　　　　　— 알프레드 테니슨, 「인 메모리엄 106번 새해」 부분

Ring out the old, ring in the new,
Ring, happy bells, across the snow .
The year is going, let him go :
Ring out the false, ring in the true.

— from 「In Memorium 106 New year」 by Alfred Tennyson

오래되어 쓸모가 없어지면 그것은 낡은 것이다. 그러나 아직 건강하면 그것은 새것으로 남을 수 있다. 그리고 보기에는 새것 같아도 내용이 진실되지 않으면 그것은 낡은 것일 수밖에 없다. 이렇게 보면 확실한 것은 그 자체가 진실하면 어떤 것이든 마냥 새롭다는 사실이다. 따라서 우리가 종을 쳐서 몰아내야 할 것은 정말 낡은 거짓이고, 우리가 종을 울려 맞아들여야 할 것은 정말 새로운 진실이 아닌가 싶다.

테니슨은 이와 관련하여 몇 가지 예를 덧붙인다. 가령, 슬픔과 오만, 빈부 차와 전쟁 같은 부정적인 것들을 낡은 것으로, 그리고 품격 있는 태도, 넓은 마음, 평화와 같은 긍정적인 것들은 새로운 것으로 규정한다. 여기에는 물론 외적인 사회현상도 있지만 대부분은 우리 마음속에서 생기는 태도들이다.

사실 우리는 지난해 너무나 많은 낡은 일들을 경험했다. 불신과 다툼에서 비롯된 정치적인 혼란은 이루 말할 것도 없고, 아집과 과욕에서 야기되는 교육의 오도도 모두 몰아내야 할 낡은 것들이었다. 카오스 같은 혼탁의 썰물이었다. 글로벌을 내세우면서도 여기저기에서 일어난 국제분쟁도 마찬가지였다. 침탈과 살상, 인종과 성차별, 각종 인권 침해, 이런 낡은 것들이 전 세계에 난무했다. 아귀다툼들이었다. 이 아귀들은 아주 험상궂은 얼굴로 다가와서 우리에게 트라우마 같은 정신장애를 일으킬 수 있다. 아마 사회적으로도 마찬가지일 것이다. 커뮤니티란 개인의 집합체이기 때문에 집단 트라우마로 증폭될 수 있다. 중요한 것은 개인이나 사회나 이 증상을 초기에 진단하고 거기에서 하루빨리 회복해야 한다는 자각이다. 이를 추스르는 과정이 어려울 수 있다. 낡아빠진 거짓들은 자기 옷을 벗어던져야 하는 변화를 싫어하기 때문이다.

　소망을 위한 변화의 단초는 우리의 상상력이다. 상상은 새것들을 향한 날갯짓이기 때문이다. 상상은 몽상과는 다르다. 몽상이 어려움을 피해가는 잠행이라면, 상상은 이를 이겨내려는 비상이다. 상상은 본질을 향한 산책이며 창의적 놀이이다.

로버트 프로스트의 시 「가지 않은 길」을 생각해보자. 화자는 길을 걷다가 가을 숲에서 갈림길을 만난다. 그는 사람이 덜 다닌 듯 보이는 풀길을 걷기로 택한다. 이 선택은 여러 논의의 여지가 있지만, 중요한 것은 어떤 길을 택하든 그 길을 걷는 사람의 태도다. 만일 익숙한 길을 택하더라도, 전통적인 신뢰와 소통을 존중하는 행보로 걷는다면 그 길은 새로운 길이 될 것이다. 마찬가지로 낯선 길을 택하더라도 창의와 도전이라는 진실을 향해 나간다면 그 길은 새 길이 될 것이다. 그 반대의 논의도 물론 가능하다.

변화를 위한 실천적 단초는 유연성이다. 경직성과 대치되는 말이다. 경직성이 부러지기 쉬운 직선이라면, 유연성은 부드러운 곡선이다. 경직성이 짐을 가득 실은 마음이라면, 유연성은 짐을 다 내려놓은 마음이다. 그래서 유연한 마음은 부드럽고 홀가분하다. 내가 아는 피아니스트가 있다. 그는 상상적인 음악구도 읽기뿐만 아니라 유연한 개별 키 터치를 강조한다. 그러면 절묘한 음색이 화합하는 새로운 진실에 도달할 수 있다는 그의 전언이다. 발레도 골프도 마찬가지일 것이다. 물론, 우리의 삶도 그럴 것이다.

나는 문득 알프스 산기슭의 아름다운 코모 호반을 생각한다. 로마행 기차를 타려고 이른 아침 호수를 왕래하는 배를 기다리고 있었다. 그때 그토록 맑은 종소리가 잔물결을 타고 계곡에서 계곡으로 울려 퍼지고 있었다. 환상적인 연상이다. 나는 지금 파란 하늘을 다시 본다. 그리고 모든 분야에서 이렇게 새로운 진실들이 존중될 수 있으면 얼마나 좋겠나 하는 소망을 되새긴다. 올해에는 그 아름다운 코모 호수에서 그 맑은 종소리를 다시 들을 수 있을까?

'가지 않은 길'은 어디까지나 아쉬움으로 남게 마련이다.

갈림길에서의 사유
― 「가지 않은 길」 다시 읽기

시인이 태어난 미국에서뿐만 아니라 우리나라에서도 많은 사람들의 사랑을 받는 시가 있다. 로버트 프로스트(Robert Lee Frost, 1874~1963)의 시 「가지 않은 길(The Road Not Taken)」이다. 그런데 안타까운 것은 이렇게 애송되는 시가 오역되기도 하고, 또 자주 오독되고 있다는 사실이다. 나는 이 시를 학교 다닐 때 처음 읽고 크게 감명을 받았다. 그 후 이를 고등학교 영어 교과서에 실어 소개하기도 했고, 또 번역을 해서 수필집에 넣기도 했다. 그 후 오역의 가능성 때문에 나는 가끔 마음이 무거웠던 것이 사실이다.

어떤 시나 그 시어의 다의성과 어법의 압축성 때문에 다양한 읽기가 폭넓게 수용되고 있다. 그러나 오역 또는 오해는 다르다. 텍스트를 다르게 읽는 것이 아니라 틀리게 읽는 것이기 때문이다. 이와 관련하여, 평론가 데이비드 오어(David Orr)는 몇 해 전에 프로스트 시의 오해 가능성을 지적했다. 그는 이 시 제목을 그대로 따서 『가지 않은 길(*The Road Not Taken*)』이라는 책을 냈다. 그리고 "모두가 사랑하면서도 거의 모두가 오해하는 이 시에서 미국 발견하기(*Finding America in the Poem Everyone Loves and Almost Everyone Gets Wrong*)"라는 부제를 달았다. 가령, 학교 졸업식에서 "나는 사람들이 덜 다닌 길을 택했다"라는 시구를 인용하면서 젊은이들을 격려하는 메시지로 오해하고 있다는 지적이다. 그리고 시 속 화자의 발화 시점을 잘못 잡아 오해로 이어질 수 있는 가능성이 있는 것도 사실이다.

이 시는 모두 네 개의 스탠자로 구성되어 있다. 이 시 속 화자는 단풍 든 가을 숲에서 만난 한 갈림길에 서서 처음부터 끝까지 선택적 사색을 이어가고 있다. 그런데 이 화자는 아마도 프로스트 자신인 듯싶다. 시의 배경이 그가 자란 뉴잉글랜드 근처 숲일 수 있고, 특히 시 속의 선택적 사색이 그의 자연관의 표출일 수 있다는 점을 고려하면, 시인 프로스트의 모습이 더욱 뚜렷하게 다가온다.

이 시는 평범한 일상어로 되어 있다. 그러나 간단히 읽어낼 수 있는 그런 시는 물론 아니다. 사실 이 시는 여러 가지 시적 장치, 가령 특유의 상상이 이어지고, 게다가 자연스럽게 리듬을 타면서도 행 끝 소리맞춤을 하는 각운까지 있어서 우리의 적절한 호흡이 필요한 듯싶다.

시속 화자가 인생 행로에 비유할 만한 길을 걷고 있다. 그러다가 단풍 든 가을 숲에서 갈림길을 만난다. 이 시의 첫 번째 스탠자다.

노란 숲 속에서 길이 갈라졌습니다.
안타깝게도 나는 두 길을 다 갈 수 없었습니다.
이렇듯 한길 길손인 나는 한참 서서
한쪽 길을 멀리멀리 바라보았습니다,
길이 덤불에서 꺾인 저곳까지.;

Two roads diverged in a yellow wood,

And sorry I could not travel both
And be one traveler, long I stood
And looked down one as far as I could
To where it bent in the undergrowth

시적 상상이 돋보이는 둘째 스탠자이다.

그러다 다른 길을 택했습니다, 훤히 트였긴 마찬가지였지만,
어쩌면 더 낫다고 내세울 만한 것이 있었습니다.
이 길은 풀이 무성했고 덜 밟혀 있었기 때문입니다 :
하기야 생각해보면, 전엔 사람이 지나다녀
두 길이 정말 비슷하게 밟혀 있었겠지요.

Then took the other, as just as fair,
And having perhaps the better claim,
Because it was grassy and wanted wear :
Though as for that, the passing there
Had worn them really about the same,

화자는 먼저 바라보던 길은 뒤로 물려놓고 다른 길을 택했
다. 두 길 모두 앞이 훤히 트여 있어 아름답긴 마찬가지였으
나, 이 길은 어쩌면 보다 낫다고 주장할 만한 점이 있다는 생

각이 들었다. 왜냐하면 풀이 무성히 자라 있고 사람이 다닌 흔적이 적었기 때문이다. 이 스탠자는 "어쩌면"이라는 말을 단초 삼아 '풀길'이라는 시적 이미지를 형상화하고 있는 듯하다. 그리고 이를 확장하여 자연과 어울리는 페어웨이(fairway)를 시 그림으로 내놓은 듯 보인다.

이어서 화자는 덧말을 붙인다. 지금은 풀이 무성히 자랐지만, 실은 이 길도 먼저 길과 마찬가지로 이미 길이 나 있음을 미루어보면, 그 전에는 사람들이 지나다녀 두 길이 똑같이 밟혀 있었을 것이라는 짐작이다. 이는 시인의 자유스러운, 그러나 이유 있는 추정이다. 이런 자유분방한 설법은 사실적이고 일관된 이야기를 기대하는 독자에겐 다소 혼란스러울 수 있다. 많은 오역 또는 오독도 여기에서도 기인된 듯 보인다. 그러나 시는 '시대로 따라 읽어야 한다'는 전래의 말이 어쩌면 여기에 적합한지 모른다.

상상에서 돌아와 가지 않기로 한 첫 번째 길과 가기로 한 두 번째 길에 대해 이야기를 이어가는 셋째 스탠지이다.

그날 아침 두 길에는
빌길이 몇시 않는 낙엽이 골고루 깔려 있었습니다.
아아, 먼저 본 길은 훗날로 미루어놓았습니다!
그러나 길이 길로 이어져 있음을 알고 있기에
내 다시 돌아올 수 있을 것 같진 않았습니다.

And both that morning equally lay
In leaves no step had trodden black.
Oh, I kept the first for another day!
Yet knowing how way leads on to way,
I doubted if I should ever come back.

 화자는 여전히 갈림길 앞에 서서 두 길을 살핀다. 그날 두
길에는 사람 발길이 닿지 않은 낙엽이 쌓여 있었다. 이슬이
내린 아침이었을 게다. 삶의 길은 되돌릴 수 없는 한 길임을
화자는 잘 알고 있었기 때문에 훗날로 미루어놓았다는 말이
실은 허사에 불과하다는 자각을 잊지 않는다.

 갈림길에서 먼 훗날을 미리 짚어보는 마지막 스탠자다.

 나는 한숨지으며 이런 말을 하게 될 겁니다.

어디선가, 지금부터 오랜 세월이 흐른 훗날에 :
길이 숲 속에서 갈라졌는데, 나는−
나는 사람들이 덜 다닌 길을 택했다고,
그래서 모든 것이 다르게 되었다고.

I shall be telling this with a sigh
Somewhere ages and ages hence :
Two roads diverged in a wood, and I−
I took the one less traveled by,
And that has made all the difference.

 화자는 지금도 갈림길에 서서 먼 훗날을 머릿속으로 짚어보고 있다. 그는 한숨을 내쉰다. 이 부분이 발화 시점에 관한 오해를 일으킬 수 있다. 마치 선택한 길을 걸어보고, 말하자면 실패를 겪은 후 내뱉는 한탄처럼 들릴 수 있다. 하지만이 한숨은 후회가 아니라 아쉬움의 숨소리다. 선택한 길도 또 선택하지 않은 길도 사실 어떤 길일지 전혀 모른다. 다만 가지 않기로 결심했기 때문에 아쉬움으로 남아 있을 뿐이다. 이런 기법은 일종의 시적 이중 장치이다. 선택의 양면성을 보여준다고나 할 만하다.

재미있는 것은, 화자 자신이 결정한 자기 여정을 먼 훗날에도 계속 우겨댈 기미가 보인다는 점이다. 개성적 선택의 일관성일 것이다. 이렇게 보면 프로스트에겐, 자연은 낭만주의에서처럼 감성적인 의미 부여의 대상만은 아니다. 그렇다고 자연주의에서처럼 버거운 존재로 남아 있는 것도 아니다. 오히려 함께 걸어가는 일종의 동반자일 듯싶다. 언젠가 프로스트가 한 말이 있다. "사랑과 필요는 다른 것이 아니다(Love and need is one)." 자연에 대한 우리의 사랑과 지금 우리가 살아가는 실생활을 함께 아우르려는 사색의 말일 것이다.

나는 화자가 앞이 탁 트이고 숲이 아름다운 산속 길을 따라 걸음을 내딛는 모습을 미리 그려본다. 자연과 사람이 함께 걸어가는 편안한 그림이다. 그러나 '가지 않은 길'은 어디까지나 아쉬움으로 남겨놓은 채 걸어가는 잔걸음이다.

목장으로의 초대

〈시인과 농부-서곡(Poet and Peasant-Overture)〉은 주페(Fanz von Suppe)가 작곡한 한 오페레타의 서곡이다. 언젠가 오래전에 나는 여기 '시인'과 '농부'라는 두 단어가 잘 어울리지 않는다고 생각한 적이 있다. 그러다가 이 곡이 가난했던 한 농부가 유명한 시인이 되어 사랑하는 여인과 다시 만나게 되었다는 희곡을 대본으로 삼았다는 사실을 알게 되었다. 그리고 이 서곡을 다시 들었다. 트럼펫으로 문을 열더니 잔잔한 첼로가 주제를 이어가고, 그리고 먹구름과 벌떼 소리가 요란하더니 이내 왈츠풍의 고요가 살그머니 찾아든다. 빠르다가 느려지고 강하다가 여려지는 그런 계절의 변화를 속속들이 알고 있는 한 농부/시인의 춤곡임이 틀림없다. 그래서 농부와 시인이라는 두 말이 정말 잘 어울릴 수 있다는 것을 알게 되었다.

주페의 이 서곡 못지않게 '시인'과 '농부'라는 두 낱말이 아주 잘 어울리는 시를 쓴 '농부 시인'이 있다. 바로 앞서서 소개했던 로버트 프로스트(Robert Lee Frost) 시인이다.

프로스트는 일찌감치 농부가 되기로 마음을 먹었다. 그는 고향 뉴잉글랜드에서 농사일을 시작하더니, 영국으로 건너가서도 그 일을 계속했다. 그러면서 시를 쓰기 시작했다. 그의 간결한 서정시는 그곳 비평가들의 눈길을 끌었다. 1차 세계대전이 발발하자 고향으로 돌아와서도 뉴햄프셔 언덕에서 농장을 가꾸며 농사일과 시 쓰기를 함께 했다. 그 후 여러 번 퓰리처상을 받은 큰 시인이 되고서도 자연에 대한 집념을 버리지 못했다. 보스턴으로 돌아와서도 버몬트에 여러 농장을 갖고 늘 찾아다녔다.

이렇듯 타고난 농부였던 프로스트는 농장에서의 일상적인 대화처럼 아주 평범한 시를 즐겨 썼다. 그러나 그 평범함 속

에는 그의 신념이 스며 있다. 자연은 우리와 함께 가는 동반
자라는 믿음이었다. 자연은 두려움이나 경외의 대상이라기
보다는 서로 배려하는 상대라고 할 수 있다. 이런 실천적 사
색은 아마도 정직한 농부 시인에게만 가능한 것이었는지 모
른다.

　그의 성실함이 묻어나는 시 「목장(The Pasture)」이다.

　　　내 지금 나가 목장 샘물을 치우리다.
　　　잠깐이면 갈퀴로 나뭇잎을 걷어치울 수 있을 것이오.
　　　어쩌면 기다렸다가 샘물이 말개지는지 살피고 오겠소 :
　　　오래 걸리진 않을 것이니－당신도 함께 가십시다.

　　　내 지금 나가 그 어린 송아지를 데려오리다.
　　　어미 곁에 서 있는 그놈 말이요. 그놈은 너무 어려서,
　　　어미가 핥아줄라치면 비틀대는구려.
　　　오래 걸리진 않을 것이니－당신도 함께 가십시다.

　　　　　　　　　　　　　　　－프로스트, 「목장」 전문

I'm going out to clean the pasture spring;

I'll only stop to rake the leaves away
(And wait to watch the water clear, I may) :
I sha'n't be gone long —You come too.

I'm going out to fetch the little calf
That's standing by the mother. It's so young,
It totters when she licks it with her tongue.
I sha'n't be gone long,. —You come too.

—「The Pasture」by Robert Frost

옆집 농부의 일상적인 이야기를 듣고 있는 분위기다. 샘물을 치워내고 송아지를 보살피겠다는 그런 평범한 대화다. 이런 대화에서 우리가 특별히 편안함을 느낄 수 있는 것은 한 점의 허상도 없는 진실한 농부의 마음을 직감할 수 있기 때문이다. 농부의 정직함이 말갛게 드러나는 한 폭의 그림이다. 한 농부의 소탈한 이미지이다.

화자는 옆에 서 있는 사람에게 같이 가자고 초대한다. "오래 걸리진 않을 것이니—당신도 같이 가십시다." 여기서 당신은 누굴 두고 하는 말인지 모른다. 아내를 두고 하는 말인지, 옆집 아저씨를 두고 하는 말인지, 또는 우리 독자를 두고 하는 말인지 잘 모른다. 그러나 손을 내미는 친절한 초대임은 틀림없다.

"같이 가십시다(You come too)"라는 말은 여기에 아주 적절한 말이다. 영어에서 'to come'은 'to go'와는 달리 도착지인 숲 속을 염두에 두고 친숙하게 하는 말이다. 'to go'가 말하는 사람 중심으로 말을 전하는 표현이라면, 'to come'은 가고 있는 숲 속의 샘과 송아지가 틀림없이 반겨줄 것이라는 기대감에 찬 말이다. 가령, '고향으로 간다'는 말을 옆 사람에게 전할 때는 'I'm gonna go home'이라고 할 것 같다. 그러나 'I'm gonna come home'이라고 말한다면, 거기 고향에는 어머니가 기다리고 계시다는 안도감이 배어 있는 듯하다. 마찬가지로 이 농부가 가는 곳엔 생명이 숨 쉬는 샘물(spring)과 송아지(calf)가 기다리고 있지 않은가.

이미 말한 것처럼 프로스트는 자연을 사람과 더불어 사는 반려자로 지목하고 있다. 인간과 자연이 함께 나누는 악수 같은 것이다. 그는 다른 시, 가령 「눈 오는 날 숲가에 멈춰 서서」

에서도 눈 내리는 산속에서 자연에 일방적으로 매몰되지 않고 '내일 지킬 약속이 있으니 서둘러 가자'고 같이 걸어가는 소에게 재촉을 하고 있지 않은가.

농부의 진실함을 드러내는 어법도 두드러진다. 우선 수식어가 거의 없는 단음절의 어휘 사용이 돋보인다. 어쩌면 가장 미국적인 시라고 할 수 있다. 그러면서도, 사람이 살아온 흔적을 존중한다는 의미에서 주목할 일이지만, 전통적인 이른바 약강 형식의 리듬 패턴과 각운이 잘 활용되고 있다.

음악의 주제 표기는 그 음악을 듣는 사람의 친절한 안내자 역할을 할 때가 있다. 모두에 소개한 주페의 〈시인과 농부〉라는 주제 말이 그렇다. 성실한 농부이자 순수한 시인의 모습으로 형상화시켜주는 실마리를 제공해주기 때문이다. 이 '목장'이라는 시 주제도 그렇다. 미국에서 흔히 볼 수 있는 대규모의 농장이나 험준한 레인지가 아니라 농부의 손이 일일이 가야 하는 목장을 시의 주제로 삼은 것도 눈에 띈다.

이제 우리 독자는 샘터로 함께 가자는「목장」속 화자의 초대에 대답을 해야 할 차례다. '그럽시다. 같이 가십시다.' 이렇게 화답하며 벌떡 일어나 함께 숲 속으로 향하고 싶은 충동을 우리는 느낄 수밖에 없지 않은가?

장미로 상징되는 아일랜드의 미녀 모드 곤은

트로이를 불타게 했던 헬렌으로 변신한다.

장미에서 전설적인 미인을 만나다

　　　　　　　　　오뉴월로 접어들자 골목마다 덩굴
장미가 아름답다. 어떻게 더 빨갈 수 없이 새빨간 이 장미꽃
은 누가 뭐래도 서양의 대표적인 꽃이다. 사람에 따라서는 서
양 꽃으로, 가령, 수선화를 꼽을 수도 있다. 이들은 아마도 워
즈워스가 노래한 「수선화」의 '감정의 흘러넘침'을 기억하거
나, 또는 한 소년이 연못에 비친 아름다운 자기 모습을 보고
물속으로 뛰어들었다가 결국 수선화가 되었다는 나르시시즘
의 이야기를 잘 아는 사람일 것이다.

　그러나 서양 문화에서 아름다움과 사랑의 심벌로 빨간 장
미를 능가하는 꽃은 아마도 없지 않나 싶다. 이 꽃이 사랑의

여신 비너스뿐만 아니라 성모 마리아를 상징하는 아이콘이 되고 있지만, 특히 문학에서 사랑의 주제가 된 것은 오랜 서양 문학의 전통이다. 대표적인 시 중에 하나가 「오 나의 님은 새빨간 장미(O My Luve's like a Red Red Rose)」라고 할 수 있다. 이 시는 「올드 랭 사인」 그리고 「밀밭을 지나오며」로 잘 알려진 스코틀랜드의 시인 로버트 번스(Robert Burns)의 작품이다. 그리고 우리가 잘 알고 있듯이 앞의 이별의 노래는 우리나라가 애국가로 빌려온 시로 잘 알려져 있기도 하다.

오 나의 님은 유월에 갓 피어난
새빨간 장미
오 나의 님은 감미롭게 연주되는
멜로디

그토록 아름다운 너, 사랑스러운 소녀여,
그만큼 나는 당신을 사랑하오 :
언제까지나 나는 당신을 사랑하리오, 나의 소녀여,
바닷물이 모두 말라버릴 때까지 :

—「오 나의 님은 새빨간 장미」 부분

O my Luve's like a red, red rose
That's newly sprung in June :
O my Luve's like the melodie
That's sweetly play'd in tune.

As fair art thou, my bonnie lass,
So deep in luve and I :
And I will luve thee still, my dear,
Till a' the seas gang dry :

— First and second stanzas of
「O My Luve's Like A Red Red Rose」

장미가 피기 시작하면 아지랑이가 일어난다. 종달새는 이를 타고 날아올라 노래를 부른다. 장미는 이 상큼한 노래를 들으며 자신의 꽃잎을 빨갛게 물들인다. 서구 사람들은 그 정열의 색깔을 찬미하고 그 자체를 사랑으로 받아들이길 예나 지금이나 주저하지 않는다.

이렇게 피어난 장미는 뭇 사람들의 선망의 대상이 된다. 그래서 이를 둘러싸고 벌어지는 사랑의 문학 주제는 자연스럽게 애증이 얽혀 있어 읽는 사람의 마음을 들뜨게 만들곤 한다. 「이니스프리의 호수 섬」으로 알려진 예이츠(William Butler Yeats)의 「이 세상에 가장 아름다운 꽃 장미(The Rose of the World)」는 이런 사랑을 위한 다툼을 극적으로 그린 인상적인 시다.

아름다움은 꿈처럼 사라지는 것이라고 그 누가 꿈결에라도 생각했을까?
슬픈 자만에 꽉 차 있는 이 빨간 입술 때문에,
슬퍼서 새 기적마저 일어나지 못할 이 빨간 입술 때문에,
트로이는 한 가닥 죽음의 섬광으로 치솟으며 불타버렸다.
그리고 우슈나의 아이들도 다 죽고 말았다.

—「이 세상에 가장 아름다운 꽃 장미」 부분

Who dreamed that beauty passes like a dream?
For these red lips, with all their mournful pride,
Mournful that no new wonder may betide,
Troy passed away in one high funeral gleam,
And Usna's children died.

— The first stanza of 「The Rose of the World」

'아름다움은 꿈처럼 사라지지 않는다.' 이 시는 이렇게 아름다움의 영원성을 먼저 제시하고 있다. 그런 아름다움을 온전히 품고 있는 빨간 장미는, 시어의 다의성이 늘 그렇듯이, 어쩌면 예이츠의 애인 모드 곤(Maud Gonne)까지를 함께 아우르는 말인 듯싶다. 모드 곤은 적어도 예이츠에겐 영원한 아름다움 그 자체였기 때문이다. 그녀는 아일랜드의 절세미인 배우였다. 예이츠는 거의 평생 동안 그녀에게 구애를 했다. 그러나 그녀는 거절했다. 그 여인은, 장미의 가시처럼, 범접할 수 없는 자만심을 갖고 있었다. 이 자만심은 사람들에게 슬픔과 외로움을 안겨줄 만큼 도도했다. 그 빨간 입술은 너무 슬퍼서 새로운 기적마저도 일지 못하게 할 만큼 강렬했다.

아름나운 장미가 육화된 절세의 미녀 모드 곤은 놀랍게도 트로이를 불타게 했던 전설적인 여인 헬렌(Helen)으로 변신한다. 우리가 알고 있듯이, 트로이 전쟁은 스파르타의 왕비 헬렌을 트로이의 왕자 파리스가 납치해서 시작되었다. 10년 넘게 걸린 이 전대미문의 사랑싸움은 결국 스파르타가 트로이 목마를 이용하여 트로이 성을 불로 섬멸하고야 끝났다.

또 다른 흥미로운 일은, 모드 곤이 다시 아일랜드의 전설적인 미인 다이르드레(Deirdre)로 변신한다는 것이다. 무사였던 우슈나의 아들 3형제는 왕의 이 약혼녀를 납치해서 스코틀랜드로 도망갔다가 잡혀 돌아왔다. 그리고 불행하게 처형되었다. 아일랜드 전설 속의 이 미녀는 바로 아름다운 빨간 장미이자 동시에 모드 곤이 아니겠는가.

이렇듯 봄에 피는 빨간 장미는 아름다움의 본령이다. 그 아름다움은 손에 잡히지 않는 철학적 이데아라기보다는 오히려 우리와 더불어 희로애락을 같이하는 현실적 미가 아닌가 싶다. 우리가 서양 문학에서 만나는 미인들, 가령, 앞서 인용한 바닷물이 다 마르도록 사랑할 수밖에 없는 아름다운 소녀, 절세의 미인 모드 곤, 전설적인 여인 헬렌, 또는 전설 속의 미녀 다이르드레 등이 바로 우리가 가까이 만날 수 있는 사람들이다. 부처님이 절에만 있는 것이 아닌 것처럼, 우리는 이런 미인들을 골목에 핀 빨간 장미에서 만날 수 있지 않은가.

다시 읽는 칼로스의 그림시와 세잔의 정물화

정말 많이
의지하는

빨간 외바퀴
손수레

빗물에
빛나고

곁에는 하얀
병아리들.

     — 윌리엄 칼로스 윌리엄스, 「빨간 외바퀴 손수레」 전문

so much depends

upon

a red wheel

barrow

glazed with rain

water

beside the white

chickens.

— 「The Red Wheelbarrow」 by William Carlos Williams

화가 세잔(Paul Cezanne)은 여러 편의 사과 정물화를 그렸다. 그런데 거기에는 사과가 집중적으로 조명을 받는 그런 그림은 하나도 없다. 사과의 빨간색이 클로즈업되는 그림도 없다. 오히려 사과 여러 개가 다른 물건들과 어울리는 공간 구성이 돋보일 뿐이다.

〈사과가 있는 정물(Still life with apples)〉를 보자. 빨간 사과 여러 개가 가지런히 놓여 있다. 그러나 이 정물화는 우리가 이 사과들만을 응시할 수 있게 놓아두지 않는다. 오히려 과반이 옆으로 놓여 있다든가, 탁자의 키가 크다든가, 또는 식탁보의 색깔이 하얗다는 사실에 관심을 돌리게 한다. 결국 우리는 사과만이 아니라 사과가 다른 사물들과 자리를 함께하는 그런 정물화를 만날 수밖에 없게 된다.

이런 정물화의 느낌을 주는 시가 바로 칼로스의 「빨간 외바퀴 손수레」다. 이 시는 모양, 색깔 같은 시각적 요소뿐만 아니라, 단음절 리듬과 시행/스탠자의 분절 같은 음성적 요소를 함께 활용하여, 세잔의 정물화를 닮은, 하나의 텍스트를 내놓고 있다. 그렇다고 이런 것들이 어떤 구체적인 아이디어나 추상적인 관념을 암시하고 있다고 넘겨짚을 일은 아니다. 차라리 우리가 이 독특한 구도를 통해 손수레의 진정한 이미지를 새롭게 얻을 수 있다면, 그것으로 우리의 큰 기쁨이 될 것이다.

이제 시를 들여다보자. 비 온 뒤끝에 풍경이 산뜻하다. 이 시의 주어는 아무래도 헛간 앞에 놓여 있는 빨간 외바퀴 손수레다. 마치 세잔의 정물화에서 사과가 그러하듯이. "정말 많이 의지"하고 있다는 말로 시작하는 첫 스탠자다. 의존하고 있는 것은 바로 외바퀴 손수레다. 사실 여기에 의존하는 일이 한두 가지가 아니다. 봄이면 흙 나르는 일부터 가을이면 결실을 운반하는 많은 일을 한다. 그런데 그 수레는 빨갛다. 빨간 사과가 싱싱함을 떠올리듯이 빨간 수레는 어떤 일도 마다하지 않은 '정열적인 성실함'을 연상하게 한다. 더구나 '외바퀴'와 '손수레'를 다른 행으로 처리한 것은 어쩌면 독자가 이 수레를 그냥 스쳐 지나지 말고, 바퀴는 하나, 사람이 끄는 수레라는 것을 확인이라도 시키려는 뜻인지 모른다.

우리의 관심을 끄는 또 다른 것은 그 다음의 '비'와 '물'이 별개의 행으로 처리됐다는 점이다. 아마도 소나기가 지나갔을 법한데 그 빗물이 손수레에 남아 반짝반짝 빛나고 있다. 빗물에 젖어 빛난다는 이 메타포는 신선한 비전을 불러오는 시각적 효과를 끌어내기에 충분하다.

마지막 스탠자에서 비를 피해 헛간에 머물렀다가 다시 밖으로 뛰쳐나온 병아리들이 손수레 곁에 서 있다. 확실한 것은 손수레의 빨간색과 병아리의 하얀색이 잘 대비되고 있다는 점이다. 빨간색이 어떤 일을 열심히 하는 모습을 보여준다면, 흰색은 새로운 시작을 나타내는 말인 듯하다. 이 두 색깔은 세잔의 정물화에서도 대조를 이루고 있다.

이 시는 한 문장으로 되어 있으면서도 네 개의 스탠자로, 그리고 각 스탠자를 두 행으로 다시 나누어 회화적 효과를 꾀하고 있는 듯 보인다. 여럿이 모여 하나의 그림시가 탄생하는 것이다. 말하자면, 일만 하는 빨간 외바퀴 손수레가 소나기 뒤끝에 빗물로 빛나고 그 곁으로 하얀 병아리가 찾아든 이 그림시에서, 지금 우리 독자가 말간 새 세상을 볼 수 있다면 그 얼마나 보람 있는 일이겠는가.

독자인 "당신이 이해할 수 없다면

이 시가 무슨 소용이 있겠소?"

시인 윌리엄스가 아내에게 쓴 시

이 모두가—

      당신에게 쓴 것이오, 여보.

내 시 한 수를 쓰고 싶었소

당신이 이해할 수 있으면 좋겠소

이 시가 무슨 소용이 있겠소

당신이 이해할 수 없다면?

      열심히 읽고 또 읽어야 할 것이오—

그러나—

글쎄, 알고 있을지

왜 젊은 여자들이 시시덕대며 돌아다니는지

어두워진 뒤 파크 애비뉴 길을

집에서 잠들어 있을 시간인데

글쎄—

하여간 이것이 내가 지금 지니는 모습이요.

—「정월 초하루 모음 시 XV」

All this—

was for you, old woman.

I wanted to write a poem

that you would understand.

For what good is it to me

if you can't understand it?

But you got to try hard—

But—

Well, you know how

the young girls run giggling

on Park Avenue after dark

when they ought to be home in bed?

Well,

that's the way it is with me somehow.

—「Suite XV January Morning」

by William Carlos Williams

칼로스 윌리엄스는 「정월 초하루」라는 '여행 시 모음' 마지막 XV에서 시 읽기뿐만 아니라 시 쓰기가 쉽지 않다는 점을 잘 전해주고 있다. 시인의 입장에서 윌리엄스는 '당신'을 위해 쓴 이 시를 '당신'이 이해하지 못하면 무슨 소용이 있겠느냐고 반문한다. 이는 독자가 이해할 수 있도록 시를 쓴다는 것이 얼마나 어려운 일인가를 돌려서 말하는 대목이다. 사실 밤늦게까지 거리를 헤매는 여인들의 일상 속의 속내를 어떻게 다 드러낼 수 있겠는가.

다르게 보면 이는 어느 정도 독자의 입장에서 볼 문제이기도 하다. 사실 시 속에는 공백도 있고 압축된 어법이 있기 때문에 독자가 시인을 다 이해하거나 시를 충실히 느끼기는 절말 어려운 일이다. 이 시에서는 아내에게 건네는 말을 빌리고 있지만, 시를 잘 읽기 위해서는 모름지기 열심히 노력을 해야 한다는 시인의 주장이 돋보인다. 어떻게 노력을 해야 하는지는 아마도 풀기 힘든 숙제로 남아 있게 된 셈이다.

그런데 결국 시 속의 틈새를 메우며 시를 새롭게 완성하는 사람은 아무래도 독자인지 모른다. 독자는 일정한 문화가 허용하는 상식에서 자신의 지력, 경험, 상상으로 시를 만나고 있기 때문이다. 밤을 지새우는 여인들의 일상적인 모습에서 어떤 시각적 이미지를 만들어내는 사람은 바로 이 시를 읽는 사람이다.

숲 속에서 듣는 비발디의 〈사계〉

미국 맨해튼에서 동쪽으로 한참 가다가 롱아일랜드 사운드 지역에 이르면 큰 수목 공원인 플랜팅 필즈 아보리텀 주립공원(Planting Fields Arboretum State Park)이 있다. 롱아일랜드를 둘러보고 또 그곳 공원에서 열리는 음악회에도 참석할 겸 손녀들과 함께 길을 찾아 나섰다.

맨해튼을 출발하여 멀리 대서양을 왼쪽에 두고 한참을 달렸다. 작은 마을 몇 개를 지나서 먼저 찾은 곳이 『위대한 개츠비(*The Great Gatsby*)』를 쓴 피츠제럴드가 살던 옛집이다. 나지막한 언덕에 잘 손질된 2층 집이었다. 지금은 들어가볼 수 없어서 옅은 갈색 집을 배경으로 사진 한 장을 찍는 것으로 만족해야 했다. 지나가는 사람의 말에 따르면 관광객들이 많이 찾는다고 한다. 이 소설에서 웨스트 에그(West Egg)이 배경이 되었던 그레이트 넥(Great Neck)과 역시 이스트 에그(East Egg)의 배경이었던 샌드 포인트(Sands Point)도 주마등처럼 스쳐 지나쳤다. 그리고 한참을 지나서 우리는 작은 샛길로 들어섰다. 나무가 울창한 길 양쪽으로는 소설에서 볼 수 있는 호화 저택들이 즐비하게 들어서 있었다.

공원 입구에서 간단한 안내말을 듣고 안으로 들어섰다. 이제 발걸음이 가벼워졌다. 처음 만난 건물이 코우 홀이다. 규모가 영국의 캐슬만 하고 건축 양식이 유럽풍이라 장중하다. 미국 개척기에 영국에서 이민 온 코우가가 여기에 터를 잡고 오랫동안 살던 집이라고 한다. 이 건물을 시작으로 뒤로 넓은 공원이 펼쳐진다. 스코치 오크나 린덴 같은 바닷가 비치트리가 들어서 있고 수백 종의 희귀식물들이 여기저기 흩어져 있다. 식물원이 잘 정돈되어 있고, 우리에게 익숙한 진달래와 동백나무 오솔길도 있다. 그리고 등산로가 깊숙이 미로처럼 연결되어 있다.

우리는 이 미로에서 잠깐 길을 잃고 헤매다가 어렵사리 예정된 음악회 시간에 맞추어 연주 장소를 찾아갔다. 코우 홀서랑 앞에 있는 넓은 잔디밭이 객석이었다. 주위에는 키가 훤칠한 오크트리가 들어서 있고, 인상적인 고목들이 여기저기서 있었다. 우람한 이 나무들의 나이가 아마도 미합중국보다훨씬 많을 성싶었다. 나무통 둘레는 어른 서너 명이 손을 맞잡고 껴안을 만큼 컸다. 고개를 들면 뿌야니 파란 하늘이 높기만 하다. 칠월의 오후 햇살이 제법 따갑다. 오크트리의 그림자도 어지간히 길어졌다.

사람들이 삼삼오오 모여들기 시작했다. 간이의자를 등에메고 양손에는 간단한 저녁식사 가방을 들고 왔다. 남녀노소가 따로 없다. 가족끼리, 친구끼리 또는 연인들끼리 옹기종기둘러앉는다. 인종이 따로 없다. 드문드문 흑인, 동양인 들이보인다. 각기 자기들의 모국어를 쓰며 즐거워한다. 하기야 이런 편안한 자리에서는 모국어가 안성맞춤이다. 우리도 준비해온 샌드위치와 과일을 먹으며 초여름의 상쾌한 풀 냄새에취해본다.

오늘의 음악 연주 프로그램이다. 국제실내연주단(Chamber Players International)이 비발디(Vivaldi)의 〈사계(Four Seasons)〉를 연주한단다. 잔디밭에 앉아서 피크닉 온 기분으로 연주를 즐겨보라는 안내문이 재미있다.

6시 정각. 사회자의 환영 인사말이 낭랑하다. 이어서 비발디 음악에 관한 간단한 설명. 주로 「사계를 위한 소네트」에 관한 것이었다. 어쩌면 비발디 자신이 바이올린 협주곡에 그 당시에 유행하던 14행의 소네트 형식의 시를 덧붙여서 청자의 이해를 도우려 했었을 것이라는 해설자의 말이다. 봄, 여름, 가을, 겨울 사계에 각각 14행의 소네트가 붙어 있다. 그리고 각 계절은 다시 3개의 악장으로 나뉘어 있다. 소네트의 내용과 음악이 하나하나 일치하는 것은 물론 아니라도 비교적 충실한 연관성을 보여주고 있다는 설명을 덧붙였다.

다음은 사계 중의 〈봄〉이다. 제1악장 빠르게(Allegro), 제2악장 느리고 여리게(Largo Pianissimo), 제3악장 빠른 전원의 춤곡(Danza Pastorale Allegro)으로 구성되어 있다.

[제1악장 빠르게]

봄이 우리 곁에 왔네.

새들은 즐거운 노래로 새봄을 축복하고

주절대는 시냇물은 부드럽게

미풍의 인사를 받네.

봄의 사도인 천둥번개는 으르렁대면서

먹구름으로 하늘을 덮는구나.

먹구름은 이내 잦아들고 고요가 찾아드네,

새들은 매혹적인 노래를 다시 부르고.

Allegro

Springtime is upon us.

The birds celebrate her return with festive song,

and murmuring streams are

softly caressed by the breezes.

Thunderstorms, those heralds of Spring, roar,

casting their dark mantle over heaven,

Then they die away to silence,

and the birds take up their charming songs once more.

[제2악장 느리고 여리게]

꽃들이 만발한 목장, 잎이 돋아난 나뭇가지
머리 위에서 바스락거리는데, 염소기기는 낮잠을 자네
충견은 그 곁에 있고.

Largo Pianissimo
On the flower—strewn meadow, with leafy branches
rustling overhead, the goat—herd sleeps,
his faithful dog beside him.

[제3악장 빠른 전원의 춤곡]
허술한 백파이프의 즐거운 음악에 맞추어
물의 요정들이 양치기들과 어울려 사뿐히 춤을 추누나,
찬란한 봄의 지붕 밑에서.

Danza Pastorale Allegro
Led by the festive sound of rustic bagpipes,
nymphs and shepherds lightly dance
beneath the brilliant canopy of spring.

　해설자의 소네트 낭송은 리드미컬하고 경쾌했다. 음악 연
주가 시작되었다. 우리 모두에게 익숙한 새소리 선율이 가볍

게 울렸다. 소네트의 첫 8행이 말해주듯이, 겨울이 남긴 잔설처럼, 또는 봄을 여는 몸부림처럼 천둥소리와 먹구름이 거칠게 지나가고 곧 산뜻한 새소리가 다시 들린다. 제2악장으로 이어지면서 느릿한 연주는 틀림없이 양치기가 충직한 개를 옆에 데리고 낮잠을 자는 장면이다. 한 폭의 그림이다. 제3악장의 춤곡이 일품이다. 님프와 양치기가 함께 춤을 추다니. 서양의 시상이다.

그리고 이어서 폭풍우 치는 〈여름〉, 안온한 〈가을〉, 다시 문틈으로 찬바람이 새어드는 〈겨울〉. 이런 것들은 사실 우리가 지내며 겪는 일상생활 자체이기 때문에 그리 어렵지 않지만, 의미 있는 것은 이런 음악이 우리에게 다시 새롭게 다가온다는 것이다. 프로그램 음악이 그래서 우리에겐 늘 새로운가 보다.

연주가 끝나자 사람들이 하나둘 자리를 뜨기 시작했다. 나이든 사람, 젊은 사람, 피부색을 가리지 않고 다 같이 어울린 어느 오후의 잔디밭 음악 모임이었다. 바이올린의 협주와 공원의 자연이 함께 어울린 만남, 시간의 음과 공간의 색이 함께 춤춘 무대였다고나 할까.

땅거미가 고양이처럼 찾아든다. 나는 두 손녀와 함께 프리
스비를 날려본다. 이미 노을빛에 물든 하늘 위로 거침없이 날
아간다.

두근거리는 심장 소리에 귀를 기울일 때

나는 아침 9시에 시작하는 라디오 음악을 즐겨 듣는다. 오늘은 그리그(Edvard Grieg)의 〈피아노 협주곡 A단조 작품번호 16〉으로 시작했다. 나는 이 곡을 좋아한다. 이는 오래전 노르웨이 피요르드 여행을 하고부터다. 흰 눈을 머리에 인 높은 산정에서부터 요정 트롤과 장난을 치며 내려오는 일곱 폭포의 모습도 장관이지만, 그 뛰어내리는 물소리는 정말 경쾌하다. 낙폭이 커서 긴박감도 있다. 그러다가 이내 코발트색 바다와 만난다. 다툼의 기색이 보이지 않는 넉넉한 둘의 만남이다.

그리그의 피아노 협주곡 도입부는 바로 이 뛰어내리는 물소리를 닮았다. 그리고 이어지는 부분들은 이를 받아들이는 피요르드를 닮았다. 나는 이제 피아노 소리가 사기 자리를 내준 바이올린과 플루트 소리에 귀를 기울인다. 세 악장으로 이어지는 동안 간간히 자기 목소리를 굽히지 않는 피아노 주제음이 재미있다. 이를 놓칠세라 나는 오른쪽 귀를 라디오에 바싹 들이댄다. 골몰하는 한 모습이라고나 할까.

> 붉은 악마들의
> 끓는 피
> 슛! 슛! 슛 볼이
> 적의 문을 부수는
> 저 아우성!
> 미쳤다, 미쳤다
> 다들 미쳤다
> 미치지 않는 사람은
> 정말 미친 사람이다

피천득 시인이 2002년 월드컵 축구시합을 응원하던 젊은이들을 그린 「붉은 악마」다. 이렇게 모두 미쳐 응원을 벌인 일이 엊그제 다시 일어났다. 러시아 월드컵 예선에서 탈락하고도, 우리나라는 세계 랭킹 1위인 독일을 2대 0으로 이겼다. 기적이라고들 했다. 선수들이 얼싸안고 울음을 터뜨렸다. 조국의 체면을 세워준 안도감 때문이었을까? 그도 그렇겠지만, 아마도 최선을 다했다는 운동정신 때문이었을 것이다. 그리고 어부지리를 거둔 멕시코 사람들은 한국에 대해 감사한 마음을 여러 형태로 전했다. 술잔에 소금을 바르고 마시는 쌉쌀한 멕시코 데킬라를 한국 사람들에게 대접하기도 했다고 한다.

이런 몰입과 감격과 감사하는 따뜻한 마음은 도대체 어디서 어떻게 생기는가? 이에 대하여 특별한 관심을 보인 사람들은 언어와 혈액순환을 전공하는 학자들이다. 우선 이들의 기본적인 견해는 뇌는 좌/우(left/right hemisphere of the human brain)로 나뉘어져 있는데 다음에서 볼 수 있듯이, 그 각각의 역할이 다를 수 있다는 것이다. 물론 두 쪽의 뇌를 잇는 뇌량(the corpus callosum)이 상호 교류작용을 하고 있다는 전제다.

하버드 의대의 칸 교수(Dr. Joel Kahn)는 지난 2013년 이를 다시 확인하고, 한 걸음 더 나아가 이와 관련된 흥미로운 한 연구를 발표했다. 두뇌(the brain)와 심장(the heart)이 각각 특유의 역할을 담당하고 있지만, 기존의 입장과는 달리, 심장의 감성적 역할을 크게 상소하고 나선 것이다. 그는 이렇게 말했다 : "머리도 머리지만 우리는 더욱 심장 소리에 귀를 기울여야 한다(You should listen to your heart, not your brain)." 하루에 300,000번 이상 전신에 피를 펌프질해 공급하는 심장은 독립적인 자체 신경세포(neurones) 활동을 하고 있으며, 이 활동을 통해 뇌와 적어도 하루에 40,000번 이상 소통하고 있다고 한다. 이는 심장이 상당 부분 두뇌 활동을 지배하고 있다는 방증이 될 수 있다. 특히 오른쪽 뇌가 담당하는 역할, 가령 정서적인 표현, 비언어적인 기억. 타인에 대한 배려, 통합적인 상상 등등은 심장의 적극적인 활동과 밀접한 관계가 있다고 보는 것이다.

우리는 지난 세기에 지식 기반 사회라는 가치 인식이 우선되면서 왼쪽 뇌와 관계가 있는 학업 성취도 향상을 위한 분석 교육에 집중해온 것은 사실이다. 이제 우리는 새 시대를 맞아 창의적이고 융합적인 비언어적 교육에 관심을 돌려야 할 때가 아닌가 싶다.

인공지능의 발전이 눈부시다. AI가 사람과 바둑을 두어 이기기도 하고 또 의미 있는 토론을 벌이기도 한다. AI는 많은 정보를 입력해 갖고 있고, 게다가 정확한 분석력까지 갖추고 있어서 사람보다 더 똑똑하다고도 말한다. 그래서 앞으로 교육도 이런 인공지능이 맡아야 할지도 모른다는 추정도 있다. 글쎄, 심장이 없어서 피가 돌지 않은 인공지능에게 정말 사람의 행복을 키우는 이런 중대한 일을 맡길 수 있을까. 그리그 음악의 뛰어내리는 물소리 주제처럼 두근거리는 심장 소리에 우리가 귀를 쫑긋 세워야 할 때가 바로 지금이 아닌가 생각해 본다.

시는 숨 쉬듯 흐르다가도 간간히 쉬어간다.

시 속의 쉼터

　　　　　　나는 얼마 전 시낭송 모임에 참석한 일이 있다. 음악을 곁들인 인상적인 모임이었다. 시란 원래 소리로 전해오던 노래를 글로 적기 시작한 데서 비롯되었다는 먼 이야기를 되새겨보면 그 모임은 자연스러운 행사였다. 더구나 시는 음악을 많이 닮고 있어서, 둘은 말하자면 영어와 독일어만큼이나 가까운 사촌 사이다.

　시 낭송은 한 독자가 시라는 문학 텍스트를 청중에게 주관적으로 전하는 일종의 세리머니다. 요사이 자주 보는 자작시 낭송도 마찬가지다. 작가의 손을 일단 떠나면 어떤 텍스트라도 하나의 객관물이 되기 때문이다. 이런 시를 소리 내서 읽든 또는 속으로 읽든, 읽는 사람은 다 독자다. 말하자면 낭송인은, 피아니스트가 악보를 보며 연주하듯, 시를 소리로 읽고 있는 셈이다. 이런 독자 중심의 관점에서 보면, 시 낭송인은 새 세계를 시와 함께 만드는 창조적인 작업을 하고 있는 사람이다.

시는 말(words)이 리듬을 타고 흐르는 물결이다. 앞서 꺼낸 영어나 독일어의 리듬은 다양한 모양의 강약 패턴을 따르지만, 우리말은 두서너 개 또는 네댓 개의 음절을 묶어 음보를 만들어 율동을 탄다. 우리말은 악센트 언어가 아니기 때문이다.

그렇다고 시가 늘 흐르기만 하는 것은 아니다. 숨 쉬듯 흐르다가도 간간히 쉬어간다. 쉴 때에는 말을 하지 않는다. 악보의 쉼표와 같다. 이 침묵은 기본적으로 완전한 문장으로 행이 끝날 때 일어난다. 이를 '완결 시행(the end-stopped-line)'이라고 한다. 그러나 완전한 문장이 아니더라도 독립된 이미지나 의미를 갖고 있는 행 끝에서는 쉬어 갈 수 있다. 그리고 의미군 또는 숨결에 따라 짧게 쉬어 가기도 한다.

그렇지 않은 경우, 말이 길어져서 행을 바꾸더라도 쉬지 않고 이어서 읽어야 한다. 이를 '연속 시행(the run-on-line)'이라 한다. 이어서 읽어야 일정한 의미가 활성화될 수 있기 때문이다.

　그리고 연이 바뀔 때에는 물론 쉬어 간다. 연과 연은 밀접한 관계가 있지만, 공유하면서도 차별화되는 내용을 갖고 있기 때문이다.

　이렇듯 쉬어 가는 공간에는 어쩌면 시인이 아끼는 말이 숨어 있을 것 같기도 하다. 하지만 독자의 입장에서 보면, 독자는 텍스트 안의 화자와 들리지 않은 대화를 여기서 나눌 수 있다. 화자와의 동의 또는 거절, 가령 '그렇지', '아닌데' '얼씨구'와 같은 말을 속으로 나눌 수 있다. 심하게 이야기하면 이를 입 밖으로 내 뱉을 수도 있을 듯싶다.

　　산 너머/남촌에는/
　　누가/살길래//

저 하늘/저 빛깔이/
서리/고울끼//

— 김동환, 「산 너머 남촌에는」 부분

가난한/내가//
아름다운/나타샤를/사랑해서//
오늘밤은/푹푹/눈이/내린다///

— 백석, 「나와 나타샤와 흰당나귀」 부분

앞 연에서 "산 너머 남촌에는"라는 행이 끝나지만 다음 행에 이어 읽어야 한다. 이른바 연속 시행이다. 두 행이 이어져야 하나의 의미를 갖출 수 있기 때문이다. "저 하늘 저 빛깔이"의 행과 다음 행인 "저리 고울까"도 마찬가지다. 그리고 쉬어 가면서 독자로서의 새로운 생각을 가다듬을 필요가 있다.

둘째 예문에서는 각행이 독자적 이미지 또는 의미를 갖고 있기 때문에 쉬어 읽는 것이 좋을 듯싶다. "가난한 나"는 정신적인 위안을 받아보지 못한 사람, 또는 물질적으로 어렵사리 살아온 사람인지 낭독하는 사람은 속으로 결정을 하고 읽어야 한다. 만일 "가난한"이라는 형용사가 없었다면 아마도 다음 행에 이어서 읽어야 할 것이다. 그 다음 행도 마음을 가다듬어야 할 부분이 있다. 따라서 우리는 쉬어 간다.

시는 사실 음악을 닮으려는 경향이 있다. 그래서 시를 읽는 사람은 나름대로 전략을 갖고 있어야 한다. 적절히 리듬을 타고, 쉬어 가고, 더구나 음악처럼 장단고저의 소리 고르기도 배려해야 한다. 그렇게 읽을 수 있다면, 낭송인은 듣는 사람과 함께 지난 경험을 되새기고 드높은 상상력을 자극하여 함께 근사한 문학 세계를 새롭게 만들어 낼 수 있지 않겠는가.

지난 시낭송회가 신선하게 다시 들려온다. 아무래도 시는 묵독보다 큰 소리로 낭송을 해야 제격인가 보다.

서양의 꽃을 장미라고 한다면,

국화를 우리 꽃이라고 말할 수 있을까?

누님을 닮은 국화

올여름은 정말 너무 더웠다. 장미꽃이 피기 시작하면서 때 이른 비가 내리더니 이내 덥기 시작했다. 칠월 중순으로 접어들면서는 아예 사람 체온보다 4도 가까이 더 올라갔다. 111년 만의 더위란다. 입추 후에도 더위는 수그러들지 않았다. 세월엔 장사가 없다더니, 서서히 매미 소리가 잦아들고 저녁이면 귀뚜라미 소리가 들리기 시작했다. 그러다가 싸늘해지기 시작했다.

어느 날 저녁 나는 산보길에 아파트 아래층 빈터 꽃 마당에 국화가 피어 있는 것을 보고 깜짝 놀랐다. 나는 가을이 오는 모습을 놓친 나 자신의 무심함을 잠시 자책하고 있었다. 그러다가 나는 그 단아하게 핀 국화를 다시 보곤 곧 마음의 평정을 되찾았다.

국화가 우리의 꽃이라는 생각에서였을 것이다. 만일 서양의 꽃을 장미라고 한다면, 국화를 우리 꽃이라고 쉽게 말할 수 있을까? 문화적으로 서양 사람들은 빨간 장미꽃을 자연스럽게 받아들인다. 그러면 우리의 꽃은? 많은 사람들이 무궁화라고 답할지 모른다. 그렇게 답하기에는 다소 무리가 있다. 마치 〈아리랑〉을 제치고 〈애국가〉가 우리의 정감을 대표하는 노래라고 단언하기란 힘든 것과 같다.

어떤 사람들은 문화적으로 어울릴 듯한 연꽃을, 꽃대와 잎이 구부러지지 않고 그 향기가 천 리에 이른다는 선비의 난을, 혹은 비바람을 맞으며 모래 둔덕에 피는 동백꽃을 각각 우리의 꽃으로 꼽을 수도 있다. 토속적인 꽃들, 말하자면 복숭아꽃, 구절초, 초롱꽃, 패랭이꽃, 할미꽃을 내세울 수도 있다.

그러나 아무래도 국화는 우리가 오랫동안 소중히 여겨온

정감(情感, emotional affection)을 온전히 담고 있는 꽃이 아닌가 싶다. 서양이 사랑의 문화라면, 사실 우리는 감성의 문화이기 때문이다. 이 정감을 함빡 그려낸 텍스트가 다름 아닌 미당의 「국화 옆에서」가 아닐까 짚어본다.

　장미는 이른 봄 상큼한 종달새 노래를 들으며 자란다. 그러나 국화는 울적한 소쩍새 소리를 들으며 큰다. 그리고 여름 천둥번개 소리를 들으며 인고의 의미를 체화하며 자란다. 그렇게 자란 국화는 이제 모든 것을 마음속에 껴안고 자신의 참모습을 갖춘다.

> 그립고 아쉬움에 가슴 조이던
> 머언 먼 젊음의 뒤안길에서
> 인제는 돌아와 거울 앞에 선
> 내 누님 같이 생긴 꽃이여
>
> ─ 서정주, 「국화 옆에서」 부분

　"가슴 조이던"이라는 말은 그리움과 아쉬움의 비유다. "뒤안길"은 지난날의 고뇌와 아픔이 들어찼던 공간의 비유다.

이제는 모두가 시공간적으로 멀어진 곳이다. 그곳을 뒤로하고 이제 거울 앞에 앉은 누님, 그 누님은 청초함의 으뜸 비유다. 먼 거리감을 밀어내고 그리움과 아쉬움까지도 내려놓고, 세상의 이치를 터득하고, 아마도 머리는 참빗으로 곱게 빗어 내린 단아한 여인! 국화는 바로 이런 여인으로 탈바꿈하고 서 있다.

나는 꽃밭에 핀 그 노란 국화꽃 옆에 서본다. 「국화 옆에서」속의 화자처럼. 아름다운 빨간 장미에게 굳이 그리스의 '헬렌'이라는 이름을 붙여준다면, 나는 단아하게 앉아 있는 노란 국화의 이름을 '누님'이라고 부르고 싶다. 그러면 국화는 너와 나의 정이 흠뻑 밴 '우리 꽃'이 되지 않겠는가.

'우리의 고향'은 「향수」 속에

넓은 벌 동쪽 끝으로
옛이야기 지줄대는 실개천이 회돌아 나가고
얼룩백이 황소가
해설피 금빛 게으른 울음을 우는 곳,
─그곳이 참하 꿈엔들 잊힐리야.
…(중략)…
전설바다에 춤추는 밤물결 같은
검은 귀밑머리 날리는 어린 누이와
아무러치도 않고 예쁠 것도 없는
사철 발벗은 안해가
따가운 해살을 등에 지고 이삭 줍던 곳,

―그곳이 참하 꿈엔들 잊힐이야.

── 정지용, 「향수」 부분

　언제 이 시를 처음 읽었는지 모르겠다. 1988년에 정지용의 시가 해금되었으니 아마도 그 이후일 듯싶다. 시가 시각적으로 또렷해서 오랫동안 기억에 남아 있었다. 그 후 언젠가 부부 뮤지컬 가수가 이를 노래로 불렀다. 시를 통해 앞서 보았던 고향의 모습이 이번엔 노래를 통해, 마치 안개 걷히는 우이동 산처럼, 더욱 선명하게 다시 드러났다. 노래가 마음의 창을 깨끗이 닦아주는 모양이다. 나도 한번 불러볼 수 있으면 좋겠다는 생각이 들었다. 악보를 구하여 연습을 해보았다. 그러나 우선 음정이 높고 박자도 쉽지 않아 결국 접고 말았다.

　얼마 동안 잊고 있었는데 우연히 이 노래를 다시 듣게 되었다. 젊지 않은 가수가 기타로 반주를 치며 멋지게 불렀다. 음은 다소 낮아졌지만 여전히 C키에서 높은 '라'까지 오르는 고음이 있었다. 그래도 또 욕심이 생겼다. 어림도 없는 일인 줄 알면서도. 그런데 마침 그때 내가 우쿨렐레를 튕겨보기 시작한 지도 얼마 지난 후라 조심조심 불러보았다. 어설프지만 불

러볼수록 고향의 모습이 마치 나의 옛 고향처럼 가까이 다가
왔다.

　우선 시를 보자. 이 시는 토속적인 일상어를 시어로 삼고
있다. "실개천이 주절대는 옛이야기"를 함께 나누고 싶은 생
각을 갖게 한다. 이곳저곳 옛 고향을 직접 찾아가보는 자유스
러움을 느끼게도 한다. 이 시는 모두 다섯 연으로 구성되어
있는데 옛 산천, 집, 꿈, 가족, 늦가을 전경을 손바닥 보이듯
펼쳐준다.

　시도 그렇지만 노래가 담백하다. 전통적인 우리나라 가곡
이라고 할 수 있다. 우쿨렐레로 하는 반주도 C와 C7 그리고
F 코드가 대부분이어서 편안하다. 연이 끝날 때마다 후렴이
있어 사연과 사람의 이야기를 자연스럽게 이어준다. 넷째 연
은 넘치는 감정을 높은 음으로 빠르게 처리하고 있어서 인상
적이다. "검은 귀밑머리 날리는 어린 누이" 그리고 "사철 발
벗은 아내"가 벼이삭을 줍는 대목에 이르면 토박한 시골의
생활 모습을 빠른 템포로 만날 수 있게 해준다.

우리나라 사람들은 회상의 노래를 좋아한다. 고향의 노래가 특히 그렇다. 아마도 정들어 생활이 근거를 삼는 문화 때문인지 모른다. 그래서 「향수」 속의 고향은 우리들이 그리워하는 영원한 '우리 고향'으로 남아 있게 되는가 보다.

고쳐 쓴 주기도문

나는 스페인 안달루시아 여행길에 론다(Ronda)라는 작은 마을을 방문하게 되었다. 그 마을 산 아래 중턱에는 '헤밍웨이 산책길(Paseo De Hemingway)'이라는 산책로가 있다. 헤밍웨이가 자주 산책해서 얻은 길 이름이다. 산허리를 따라 꼬불꼬불 난 이 길을 따라가면 오른쪽으로는 절벽이 가파르다. 왼쪽으로는 산등성이 밑으로 중층 건물이 아담하게 들어서 있다. 이 길을 따라 조금 더 가면 깊은 골짜기가 있고 그 위로는 반원형 받침대가 달린 다리가 옆 산으로 이어져 있어서 정취가 아름답다. 이 다리를 건너면 주택가가 있고 잠간 더 가면 하얀 집과 마주치게 된다. 헤밍웨이가 살던 집이다.

헤밍웨이는 여기 말고도 다른 여러 곳에 머물렀는데 그때의 경험들을 소설의 배경으로 심었다는 것은 잘 알려진 바 있다. 가령, 그가 여기에서 멀지 않은 팜플로나(Pamplona)를 방문했을 때 투우가 길거리로 뛰쳐나오는 이른바 피에스타(Fiesta) 축제를 보고 큰 충격을 받았다고 한다. 『해는 또다시 뜬다』가 처음에 『피에스타』라는 제목이 붙었었다는 것은 이와 무관하지 않을 것이다.

헤밍웨이가 살던 그 하얀 집을 뒤로하고, 나는 론다 중심가로 들어가 이곳저곳 골목길을 기웃거렸다. 헤밍웨이가 한 단편소설의 배경으로 삼았을 테라스가 있는 카페를 혹시 찾아볼 수 있을까 하는 기대감 때문이었다. 근거 없는 행각이었다. 아마도 오래전 학생들과 석연치 않게 이 단편을 강의실에서 읽었던 기억 때문이었을 것이다. 「깨끗하고 불빛이 잘 비치는 곳(A Clean Well-Lighted Place)」이라는 헤밍웨이의 단편소설 이야기이다.

이 소설은 문을 닫아야 할 늦은 시간에 한 카페에서 브랜디를 혼자 마시고 있는 노인을 두고 두 웨이터가 이야기를 나누는 단순한 내용이다. 그중 한 웨이터는 세상을 알 만큼 나이가 지긋하다. 이들은 그 노인이 며칠 전 자살을 시도했다가 실패했다는 소문을 낮은 소리로 나누고 있다. 잠시 후 그 노인이 늦게나마 자리를 뜨자, 나이 든 웨이터는 젊은 친구를 먼저 보내고 카페 불을 다 끈 후 혼자서 이런저런 생각에 빠진다. 그리고 독백을 시작한다. 특이하게도 그는 주기도문을 제멋대로 바꾸어가며 중얼거린다.

"나다에 계신 우리 나다 그 이름을 나다하게 하옵시고 나다에 임하옵시며 그 뜻이 나다에서 같이 나다에서도 나다되오이다. 이 나다에 우리의 일용할 나다를 주옵시고 우리가 우리의 나다들을 나다한 것 같이 우리의 나다를 나다하여 주옵시고 우리를 나다에 들지 말게 나다하시고 다만 나다에서 우리를 구하옵소서; 그리고 나다(Our nada who art in nada, nada be thy name thy kingdom nada thy will be nada in nada as it is in nada. Give us this nada our daily nada and nada us our nada as we nada our nadas and nada us not into nada but deliver us from nada; pues nada)."

스페인 말인 나다는 영어로 'nothing'이라고 한다. 그렇더라도 그 의미는 여전히 불투명하게 어른거린다. 아마도 '무의미한 것' 또는 '없음'을 말하는 부정어일 것이다. 소설의 앞뒤를 살펴보자. 나이가 지긋한 웨이터는 이들을 등지고 가로수 그림자가 드리운 카페 테라스에서 브랜디를 마시는 그 외로운 노인에 대해 먼저 동정심을 갖게 된다. 그리고 이내 그 노인의 입장에 몰입한다. 결국 이 웨이터는 그 노인이 무엇을 두려워하고 있었다기보다는 세상만사가 무의미하다는 자각을 하고 있었다는 직감을 얻게 된다. 무의미, 바로 나다. 이 웨이터는 그래서 경건한 주기도문마저도 희화화하기에 이른다. 작가 헤밍웨이가 첫째 부인 해들리와 이혼하고 폴린과 재혼할 때 천주교로 개종한 사실을 되살려보면, 소설 속의 화자를 통해서라지만 이렇게 주기도문을 희화화하는 작법은 어쩌면 상스럽지 않은 특이한 발상이다.

좀 더 자세히 들여다보자. 그 웨이터는 중얼대는 주기도문에서 '하늘'은 물론이고 창조주인 '아버님'까지도 나다로 바꾸고 있다. 그리고 '거룩하게 하다' 또는 '임하다'와 같은 관계 현상들도 모두 나다라고 바꾸어놓고 있다. 이런 어법은 세상만물뿐만 아니라 세상만사까지도 한꺼번에 부정하는 것이 아닌가 싶다. 존재와 현상의 동시 거부다. 표현이 좀 복잡하지만, 하나님을 부정하듯 존재를 부정하고(existential nothingness) 그리고 거룩함을 부정하듯 현상을 부정(phenomenological nothingness)하는 지독한 이중 거부라고 할 수 있다.

하기야 1926년에 쓴 이 단편이 7년 후에 발표된 것을 보면 제1차 세계대전의 후유증이 아직 남아 있던 때였다. 헤밍웨이가 이때를 전후하여 7년 동안 파리에 머물렀는데, 이때 친숙하게 된 유럽 문예계의 대모 격인 거트루드 스타인(Gertrude Stein)이 이 시대를 '잃어버린 세대(the Lost Generation)' 라고 규정했던 사실을 되짚어볼 필요가 있다. 사실 그 당시 오랫동안 지탱해오던 자유니 정의니 하는 모든 가치는 극심한 혼란 속에서 방향을 잃고 있었다. 그 한가운데에 서 있었던 작가 중에 한 사람이 바로 헤밍웨이였다고 할 수 있다. 뿐만 아니다. 그 앞서 출판된 단편 「인디안 캠프(Indian Camp)」 에서 볼 수 있듯이, 죽음은 헤밍웨이의 주된 관심사였다. 또한 지는 게임인 줄 알면서도 죽음과 대면하는 장면을 그의 여러 소설의 주인공인 닉(Nick)의 행동을 통해서도 볼 수 있다. 실제로 자신뿐만 아니라 그의 아버지 애덤스(Adams)도 자살을 했다는 사실을 우리는 알고 있다. 이런저런 시대적 혼란과 이런저런 작가의 경험들이 이 노인의 상실감과 자살 시도를 설명하는 데 보탬이 될 수 있지 않나 싶다.

어찌 되었든 희미한 불빛 속에 앉아 있는 이 노인의 외로운 모습이 어쩌면 나다의 의미를 암묵적으로 설명해주고 있는지 모른다. 죽음이라는 어둠과의 사투에 뛰어들었다가 쫓겨난 이 노인은 이제 그 뒤풀이를 불빛이 비치는 카페에서 치르고 있는 듯싶기도 하다. 그 뒤풀이는 나이 든 웨이터를 통해 다시 쓴 나다 기도문으로 요약된다고 할 수 있다.

나는 마음속에 그리고 있던 그 테라스가 있는 카페를 결국 찾지 못했다. 그러나 여기저기를 기웃거리면서 이런저런 생각을 할 수 있어서 어쩌면 헤밍웨이를 만나본 셈이 되지 않았나 하는 생각이 들기도 한다.

3

가벼운 여러 단상

Claude Monet, *Alley near Pourville*, 1882

우리는 들꽃을 다르게 본다

가을이 다가오니

키 재기를 하는 두 꽃이 있다.

하나는 해바라기고

다른 하나는 코스모스다.

해바라기는 늘 해를 바라보고 서 있다.

얼굴은 하나같이 노란색이다.

나비가 모이지 않아도 무덤덤하다.

꽃대는 단단하나.

그래서 그 한결같음에 우리는 마음을 기댄다.

그러나 (바람 불 땐

어찌 기대라고)……

그 옆에

코스모스가 한들거린다.

분홍 하양 꽃잎이 눈부시다.

꽃향기에 벌들이 모여든다.

허리는 가냘프나.

그래서 그 유연함에 마음을 뺏긴다.

그러나 (비가 올 땐

어찌 바라보라고)……

산보길 둔덕에

옹기종기 핀 들국화

누구는 쑥부쟁이라고 부르고

누구는 개미취라고 부른다.

그런데

(꽃은 이름대로 예뻐진다는데)……

우리는 모두 선생님

어린이
빛나는 눈
해맑은 미소

이런 어린이의 티 없는 마음을 나이 들어서도 이어갈 수 있기를 워즈워스는 기원했다. 이런 어린이를 두고 "캄캄한 밤 숲 속에서/불타듯 빛나는 호랑이"라고 블레이크는 노래했다.

그러나 이런 어린이들도 오뚝이 인형을 발로 차는 장면을 보고 자라면, 그러면 커가면서 그렇듯 거칠어진다고 한다.

그래서 우리는 모두 그들의 선생님이 되어야 한다. 학교 선생님만 선생님이 아니다. 부모가 선생님인 것은 물론이고, 이웃집 아저씨 아주머니도 선생님이 되어야 한다. 특히 사회 지도자는 본보기를 보여주어야 하는 초대 선생님이다. 선생님이 쓰는 신문은 그들의 교과서다. 선생님이 만드는 텔레비전의 모든 화면은 그들의 교실이다.

모든 선생님들의 말씨는 쉴 때 쉬어 가는 진중함이 있어야 한다. 어휘는 다양해야 한다. 말할 때 꽃 이름을 많이 활용하면 더욱 좋다.

우리 선생님들의 행동은 단정해야 한다. 옷 단추를 다 끼우고 똑바로 걸어야 한다. 그러면 어린이는 선생님을 따라 그렇게 말하고 그렇게 행동할 것이다.

그러면 어린이들은 호랑이같이 자기 저력을 거침없이 불태우는 초롱초롱한 눈매를 갖게 될 것이다. 그러면 그들은 자연에 대해서 해맑은 미소를 짓는 따뜻한 마음을 커서도 지니게 될 것이다.

외손녀에게 쓴 편지

민경에게,

2018. 10. 17

잘 있지? 농부들이 바빠지는 계절이 왔구나. 바쁘게 결실을 거두면서 못지않게 보람도 느낄 것이다.

너는 여류 소설가 펄 벅(Pearl S. Buck) 여사를 알고 있을 것이다. 그녀는 중국 왕룽 일가의 토지와 얽힌 이야길 다룬 『대지(The Good Earth)』라는 소설로 잘 알려져 있지 않느냐. 그 펄 벅 여사가 1960년 우리나라 경주를 처음 방문했다. 그녀는 해 질 무렵 그곳 시골길을 지나다가 한 농부를 만났다. 그리고 의미 있는 대화를 나누게 되었다. 그들의 다음 대화를 읽고 이에 대한 너의 의견을 적어 보내라.

　　　펄 벅 여사가 물었다. '왜 저 소달구지에 볏짚을 다 싣지 않고 나누어 지고 가십니까? 힘들어 보이는데 타고 가시지 그러세요?'
　　　농부가 대답했다. '에이, 어떻게 그럴 수 있습니까? 저도 일을 했지만 소도 하루 종일 힘든 일을 했는데요.'

　민경아, 어떤 글이든 진지하게 읽어야 한다. 그러고 나서 그 글에 대한 자신의 생각과 느낌을 자기 글로 남겨놓는 것이 좋다. 먼저 무엇을 어떻게 쓸지 전체적인 구도를 그려보아라. 그리고 그것을 대강 적어보아라. 거기에서 가장 핵심적인 단어를 하나 찾아보아라. 그것이 가령, '배려' 또는 '소박함' 같은 낱말일 수 있다. 그리고 이를 활용하여 네가 말하고자 하는 내용을 가장 간결하게 한 문장으로 써보아라. 예를 들면, '배려는 다른 사람의 입장에 서는 것이다.' 또는 '소박함은 꾸밈이 없는 자기의 민낯이다.'라는 문장이 될 수 있다.

　이것을 주제문이라고 한다. 이 주제문을 맨 앞에 내세우고 글쓰기를 시작하여라. 글쓰기란 이 주제문을 뒷받침하는 과정이라고 할 수 있다. 그 과정에서 자신의 직간접적인 경험을 예로 들면 설득력이 생긴다. 그리고 적절한 비유를 활용하면 글이 명료해진다. 끝으로 주제문과 연결 지으며 맺는 말을 정리하여라. 마지막으로 자기 입장을 간결하고 일관성 있게 수정 보완하면 글이 아름다워진다.

네 답장을 기다리겠다. 네 글에 대한 나의 반응을 써서 다시 보내겠다. 우리 시간을 내서 벼가 누렇게 익어 고개를 숙이고 있는 시골 논두렁길을 한번 걸어보자. 어쩌면 메뚜기를 볼 수 있을지 모르겠다. 앞에서 언급한 펄 벅의 소설에는 이런 메뚜기들이 떼를 지어 대지를 황폐화시키기도 했지 않았느냐. 이야기를 우리 함께 나누자. 잘 있어라.

외할아버지가 보낸다.

두 사람이 함께 걸어가는 지혜를

우리는 '시를 읽는 마음'에서 얻고자 합니다.

주례사에서 빠뜨린 말

　　　　　　　오래전 이야기지만, 졸업생들이 가
끔 결혼식 주례를 부탁해왔다. 그때마다 나는 크게 축하할 일
이라 흔쾌히 받아들이곤 했다.

　그들 중에는 여행을 다녀와서 사진첩을 들고 다시 찾아오
는 커플들이 있었다. 어느 한가한 날 나는 이 사진첩을 뒤적
거리다가 그때의 주례사를 회상하게 되었다. 좋은 말을 하려
고 준비했던 기억이 새로웠다. 그러다 만일 그 주례사에 이런
내용이 포함되었더라면 어떠했을까 하는 생각이 언뜻 스쳤
다.

* * *

이제 두 사람은 일생의 파트너가 되었습니다. 여기 '파트너'라는 말은 '함께 길을 걸어가는 길동무'라는 뜻입니다. 이 길을 함께 걸어가는 지혜를 우리는 '시를 읽는 마음'에서 얻고자 합니다.

시는 독자에게 직설적으로 말을 걸지 않습니다. 시는 많은 것을 숨기고도 쉽게 털어놓지 않습니다. 독자도 마찬가지입니다. 독자는 시의 한 면만을 보는 것은 아닙니다. 독자는 시가 감춰놓은 신비한 다른 면을 계속 찾아내려 합니다. 시와 독자 간의 이런 만남에서 어떤 새로운 것이 탄생한다면, 우리는 이것을 진정한 의미의 결실, 또는 '작품'이라고 부릅니다.

이렇게 시를 읽듯이, 이제 길을 함께 걷기로 한 두 파트너 중 한 사람이 독자가 되어 상대 파트너의 새로운 면을 찾아내고, 바꾸어 이번엔 다른 파트너가 독자가 되어, 역시 시를 읽듯이, 상대 길동무의 숨어 있는 가능성을 찾아내면, 그러면 두 사람 사이에는 틀림없이 아름다운 장미가 피어날 것입니

다. 그러면 두 사람이 걸어가는 길에는 신선한 행복이 가득
찰 것입니다.

바닷가를 걷고 있는 이 사람이 버지니아 울프처럼
주머니에 돌을 넣고 바닷속으로 뛰어들 것 같지는 않다.

어떤 미소

〈어 서튼 스마일(A Certain Smile)〉
이라는 영화음악이 있다. 사랑을 나누다 헤어진 한 소르본 여
학생의 미소, 고요한 밤이면 떠오르는 그 묘한 미소에 관한
이야기다. 가사의 키워드는 물론 '미소'지만, 여기에 의미를
매김하는 말은 아무래도 '어 서튼'이다. 이 말은 신비한 마력
을 갓고 있어서 키워드를 적절히 이미지화하는 큰 역할을 하
고 있다. 시어는 태생적으로 다의성을 갖고 있지만, 어쩌면
여기서는 떠난 사람이 보여주는 달콤쌉쌀한 미소를 형상화하
고 있지 않나 하는 짐작이 든다.

나에게도 가끔씩 찾아오는 '그 어떤' 미소가 있다. 물론, '달

콤쓸쓸한 미소'는 아니다. 그러나 그것이 '어 서튼 스마일'임
에는 틀림없다. 일단, '풋풋한 미소'라고나 해둘 만하다.

하와이 오아후섬 왼쪽에 '레아히(Leʻahi)', 일명 '다이아몬드
헤드'라는 사화산이 있다. 거기에는 많은 사람들이 찾아가는
등산길이 나 있다. 나는 어느 오월 이른 아침 사람들 틈에 끼
어 이 산을 오르고 있었다. 산에 오르면 대양을 멀리 내다볼
수 있으리라는 기대감에 부풀어 있었다.

분화구 안으로 들어가는 터널을 지나 얼마를 지나다 보면
완만한 경사가 시작된다. 이 산 밑으로는 오아후를 상징적으
로 말해주는 꽃 플루메리아가 피어 있었지만, 이 안에는 그
런 화사함이 전혀 없다. 이곳에는 "잔인한" 오월만이 있는지
산길 오른쪽으로는 회색 몸뚱이를 뒤튼 키아위(Kiawe trees)가
어지간히 들어서 있다. 산 아래에서 자랐다면 훤칠하게 컸을
법하지만, 건조한 날씨에 응회암 틈에서 자라느라고 꽤나 힘
들었던 모양이다. 키는 작지만 다행히 오월의 봄을 말해주는
연두색 새싹들이 나무 끝에 매달렸다.

꼬불꼬불한 산길을 어깨를 맞대며 오르면서도 사람들은 '알로하' 인사를 나눈다. 좁은 터널 두 개를 더 지나고 계단에 계단을 오르고서야 산 정상에 오를 수 있었다. 산이라야 230여 미터의 분화구 남쪽 테두리 위다. 사방이 트이고 와이키키 해변이 발아래다. 멀리 밀려드는 파도도 한눈에 들어온다.

　나는 장엄한가 하면 섬세하기도 한 이 자연의 모습에 도취되어 주위를 두리번거리고 있었다. 그런데 바로 내 앞에 한 중년의 사람이 서 있었다. 그는 멀리 대양 밖을 골똘히 응시하고 있었다. 키는 훤칠하지만 구릿빛 피부색으로 보아 폴리네시아 사람인 듯싶었다. 그는 얼만가 오랫동안 아득한 대양을 내다보고 있었다. 그러다가 그는 갑자기 고개를 돌리며 알 수 없는 미소를 지었다. 그리고 조심스럽게 계단을 내려갔다. 나는 그 미소가 무슨 의미인지 언뜻 알 수 없었다. 그러나 나에게 강렬한 인상을 남겼다. 다시 말하자면 의미 있는 '그 어떤 미소'라고밖에 말할 수 없는 그런 미소였다.

　사실, 그는 하얀 물안개가 푸른 수평선과 파란 하늘을 잇는 기묘한 자연현상을 보았고, 그리고 그 너머에는 코나 커피 열

매와 마카다미아 넛이 주렁주렁 매달린 나무가 있고, 야자수 사이로 까만 해변 조약돌이 있고, 또 흰 구름이 뭉게뭉게 흐르고, 이와 어울리는 하얀 파도가 숨 쉬듯 밀려드는 그런 저 먼 어느 곳을 마음속으로 보았는지 모른다. 하와이 노래에서 들을 수 있는 그런 아름다운 풍경들일 것이다. 고향인 듯 그곳은 어쩌면 남태평양 군도 저 끝, 뉴질랜드쯤에 있는지 혹은 구름이 이어주는 하늘 너머에 있는지 모른다.

나는 그의 미소를 '풋풋한 미소'라고 앞서 말했다. '풋'이라는 말은 '새롭거나 처음 나온 것'을 뜻하는 전철이기 때문이다. 가령, '풋내'는 '봄에 새로 나온 푸성귀의 풀 냄새'를 의미하지 않는가. 세상 잡사에 시달리기 전, 아주 어렸을 적의 그 순수한 마음이 이제 다시 풀 냄새로 태어났을 법한 미소, 바로 그 미소가 나로 하여금 가끔씩 옅은 미소를 짓게 한다. 그래서 그 미소는 나에게 '어 서튼 스마일'로 다가오는가 보다.

해변 단상

멀리서 바닷가를 따라 걸어오는 사람이 있다. 이른 아침에 묵묵히 걷는 발걸음이 인상적이다.

칼라쿠아 애비뉴 동쪽에 19세기 하와이 여왕의 이름을 빌린 카피오라니 공원이 있다. 야자수가 드문드문 서 있는 그 남쪽 산책길에는 벤치 두 개가 나란히 있다. 나는 이 벤치를 가끔씩 찾곤 했다. 멀리서 겹겹이 밀려오는 파도를 바라보는 재미에 빠져 있었던 것이다. 밀려오다 부서지는 흰 포말도 장관이지만, 그 우렁찬 파도 소리는 날마다 새롭다.

활처럼 흰 모래사장이 그 우측으로 펼쳐 있다. 와이키키 해변이다. 여기를 따라 걸어오는 그 사람의 윤곽이 이제 뚜렷해지기 시작했다. 거리도 가까워졌지만, 아침 햇빛이 밝아오기 때문이다.

카키색 반바지 차림에 슬리퍼를 양손에 들고 걷는 그 사람은 남태평양풍의 젊은이다. 까만 머리카락에 넉넉한 얼굴 그리고 균형 잡힌 체격은 안정감을 준다.

그는 잔모래를 밟으며 계속 걷다가 고개를 들어 먼 대양을 응시한다. 문득 박인환의 시 「목마와 숙녀」가 떠오른다 : "거저 간직한 페시미즘의 미래를 위하여/우리는 처량한 목마 소리를 기억해야 한다/거저 가슴에 남은 희미한 의식을 붙잡고/우리는 버지니아 울프의 서러운 이야기를 들어야 한다." "내 너에게 뛰어들리라"라고 말하며 죽음을 껴안고 살던 버지니아 울프가 나무로 만든 상여에 실려 떠나는 장면을 상상하며 한 말일 것이다. 그러나 가만히 살펴보니 바닷가를 걷고 있는 이 사람이 버지니아처럼 주머니에 돌을 넣고 물속으로 뛰어들 것 같지는 않다. 흐트러짐 없이 걷는 모습이 이를 말해준다. 오히려 푸른 파도를 보며 자신의 감정을 잔잔히 펴고 있음이 틀림없었다.

흰 돛을 단 요트 대여섯 척이 멀리 보인다. 그가 바다를 응시하는 이유 중에 하나는 아마도 바람을 타고 자유롭게 미끄러지는 이 돛단배들 때문이리라. 돌진하는 뱃머리에서 튕겨오는 짠 물방울의 탄력, 넘어질 듯 선회할 때의 긴장감, 좌우 앞뒤로 파도를 타는 롤링과 피칭, 그러다가 순간적으로 느끼는 현기증, 이런 모든 것들을 되새기고 있는지 모른다.

그는 뒤로 길게 발자국을 남기며 한참 걷다가 다시 바다를 응시한다. 이번엔 아마도 파도타기를 바라보는 듯싶다. 부지런한 서퍼들은 해 뜨기 전에 서핑보드에 배를 깔고 대양을 향해 손 노를 젓는다. 먼 바다에서 유턴을 하고 나서 숨을 몰아쉬고는, 새빨리 보드 위에 올라서서 높은 파고를 타기 시작한다. 곧 스키를 타듯 파도를 옆으로 가르며 미끄러진다. 그러다가 덮치듯 달려드는 흰 파도 속으로 빨려든다. 잠시 후 그는 뒤따르던 또 다른 파도 위에서 불현듯 나타나는 신출귀몰의 묘기를 연출한다. 지금 모래밭을 걷고 있는 이 젊은이는 이런 자유분방한 멋에 매료되어 있는지 모른다.

이 사람은 이제 벤치에 앉아 있는 내 앞까지 다가왔다. 잠시 쉬어 가라는 권유도 하고 싶었지만, 자기탐닉의 사색을 방해할 일이 아니었다. 그는 등을 뒤로하고 계속 걸어간다.

사실 밀려드는 바닷물을 밟으며 걷기를 고집하는 사실만으로도 우리는 이 사람을 낭만주의자라고 부를 만하다. 더구나 먼 바다를 집중적으로 바라보는 모습은 자신의 내적 감정의 발로라는 관점에서 진정한 낭만주의자라고 할 수 있다. 그는 시퍼런 대양 위에서 마음껏 자유로움을 향유하는 그런 사람들의 모습에서 낭만적인 자기인식을 넓혀가고 있었던 것이 분명하다. 어느 낭만 시인이 무지개를 보고 '가슴이 뛰노라'라고 말했듯이, 이 사람도 바다의 출렁임을 보고 아련히 넘쳐흐르는 기쁨을 느꼈을 것이다. 비유적으로 말하자면, 모든 사물을 객관적으로 관찰하기만을 강요하는 현대 사회의 각박한 환경에서도, 이같이 뛰노는 마음으로 바다를 바라볼 수 있는 이 사람이야말로 멋있는 남성적 낭만주의자라고나 할까.

우쿨렐레 G7 코드와 알로하

내 책상 곁에는 늘 작은 우쿨렐레
(ukulele)가 놓여 있다. 컴퓨터 앞에 앉기 전에 이 네 현 악기
를 가끔 한두 번 튕겨보는 일이 요즈음 내 버릇처럼 되었다.
튕겨봤자 만만한 코드들이지만, 그중에서라면 나는 C7과 G7
코드를 좋아한다. 아마도 〈이 코나(I Kona)〉라는 하와이 노래
도입부 때문이 아닌가 싶다.

하와이 와이키키 동쪽 해변에서 북동쪽을 향해 서면, 긴 언
덕길이 보인다. 그 오른쪽에 있는 다이아몬드 헤드 분화산을
오르기 위해 많은 사람들이 이용하는 길이다. 한참을 걸어 언
덕 위에 이르면 거기에 작은 공원이 있다. 하와이의 마지막

여왕 이름을 붙인 개방대학(Kapiʻolani College)의 앞뜰이기도 하다. 여기에는 나이가 꽤 든 키아위(Kiawe trees)가 어지간히 들어서 있고, 그 한가운데에는 아늑한 잔디밭이 있다. 이 잔디밭에서 매월 셋째 토요일이면 농부들이 직접 재배한 청정 과일과 야채를 파는 주말 장(Farmers' Market)이 열린다.

나는 코나 커피나 한 잔 사 마시며 시장 구경을 할 생각으로 이곳을 찾아 나섰다. 올라가는 길에 스쳐 지나는 사람마다 서로 알로하(ALOHA) 인사를 나눈다. 모두가 아는 소탈한 이곳 특유의 인사말이다. 내가 여기에 이르렀을 때에는 이미 많은 사람들이 줄을 길게 늘어서 있었다. 8시에 개장을 한단다. 그런데 흥미롭게도 뭉뚝한 두 막대를 벌려 꽂고 양쪽에 줄을 매서 가로막이 줄을 친 임시 입구 앞에서 가무잡잡한 한 젊은 이가 하와이 기타를 치며 찾아오는 손님들을 맞이하고 있었다.

개장 시간이 지나 사람들이 어지간히 안으로 빠져든 후 나는 이 젊은이에게 알로하 인사를 건넸다. 그가 끌어안고 치던 작은 악기에 대해서 이런저런 이야기를 나누게 되었다. 이 악기 이름이 우쿨렐레라는 것도 이때 처음 알게 되었다. 나 같은 외국 사람도 쉽게 배울 수 있다고 부추기며 몇 가지 코드까지 잡아준다. C와 G7 코드였다. 그리고 친절하게도 이것을 살 수 있는 악기점과 무료 강의 장소까지 알려주었다.

나는 곧바로 이 악기점을 찾아가서 두근거리는 마음으로 우쿨렐레 하나를 구입했다. 점원은 자신이 하와이안 뮤직을 전공하는 연주자라고 소개하고, 가장 쉬운 곡이라며 〈이 코나(I Kona)〉를 반주와 함께 불러주기도 했다. 그 후 나는 이 곡을 폴리네시안 센터에서의 야간 공연과 크루즈 투어에서 몇 번 더 듣게 되었다.

서울에 돌아와서 나는 이 곡을 배울 수 있는지 수소문하다가 우연히 기회를 맞았다. 사실 이 곡의 도입 부분은 단순하다. 되는대로 쉽게 '다운 업' 스트러밍(strumming)을 이어 하면 틀림없이 하와이의 파도 소리가 들린다. 4/4 박자에 앞서 말한 C7, F, G7, C7, F을 반복하면 된다. C7 코드는 잔잔한 파도 소리처럼, 그리고 G7은 다소 높은 파도의 소리처럼 들린다. 더욱 인상적인 느낌은 이 파도 소리가 활기차게 쪽배를 타는 사람처럼 일렁인다는 사실이다.

이 노래는 어쩌면 뉴질랜드 근처 남태평양에서 살던 폴리네시안 사람들이 카누를 타고 북상하다 발견했던 빅 아일랜드(The Big Island of Hawaii)를 그리워하는 구전 음률일 것이다. 후에 물론 서양 악보로 채보되었지만. 이 곡은 특히 코나 커피로 이름난 코나 지방의 아름다운 풍광을 찬미하고 있다.

코나 거기엔 구름과 잔잔한 바다
무엇에도 뒤지지 않고 비교할 수 없는 그런 구름과 바다

우리는 그들의 초대를 받고 온 코나의 손님
사랑이 넘치는 초대를 받은 손님

Aia ʻi Kona kai ʻopua i ka laʻi
ʻAʻohe lua e like ai me ʻoe

Malahini makou ia ʻoe i Kona
I ke kono a le aloha no makou.

(There at Kona are clouds and calm seas

Second to none, you are incomparable

We are guests of yours in Kona
By invitation with so much love.)

　나는 누구엔가 알로하 인사를 나누고 싶은 때가 있다. '굿
모닝'과는 다른 소박한 인사, 태평양 바람처럼 훈훈한 인사.
그럴 때마다 나는 C7과 F와 G7 코드로 시작하는 〈이 코나〉
를 튕겨본다.

'편견'이라는 말을 들으면 먼저
제인 오스틴의 『오만과 편견』이 떠오른다.

편견에 대한 변명

편견. 이 말은 상서롭지 못한 말이다. 사전적으로는 '한쪽으로 기울어진 견해'라고 가볍게 정의하지만, 때로는 부정적인 결과를 낳을 수 있다. 균형을 잃어가기 때문이다. 가령, 수평 저울 위에 올려놓은 물건이 균형을 잃고 밑으로 미끄러져 내리면 급기야 일을 그르치는 그런 상황을 연상할 수 있다.

나는 '편견'이라는 말을 들으면 먼저 제인 오스틴(Jane Austin)의 『오만과 편견(Pride and Prejudice)』이 떠오른다. 이 소설은 결혼에 대한 편견 때문에 일어나는 사랑의 엇갈림 이야기이다. 우리나라도 그랬지만 오스틴이 살던 당시 영국은 상당한 계급사회였다. 작위를 갖고 있거나 자산이 많은 이른바 젠트리 그룹의 상류계층과 직업을 갖고 일을 해야 하는 중류계층의 차이가 엄존했다. 이 소설의 남자 주인공인 다아시(Fitzwilliam Darcy)는 작위를 갖고 있지는 않았지만 집안에 백작도 있고 재산이 많았다. 게다가 체격이 훤칠한 미남형 신사였다. 그러나 그는 오만하고 쌀쌀했다. 반면에 여주인공인 베넷(Elizabeth Bennet)은 늘 밝은 표정을 짓고 행동이 당당하며 지성적이고 재기가 넘쳐흘렀다. 그러나 베넷 가는 어느 정도 재산을 갖고 있었지만 중류계층에 속했다. 게다가 이 가문에는 여성에게 유산을 넘겨주지 않는 관례가 있었다.

이 소설의 원래 제목은 '첫인상(First Impression)'이었다. 이 이름으로 출판은 되지 않았지만, 이는 두 주인공이 처음 만났을 때 갖게 된 첫인상이 그들을 어떤 편견 속으로 가두어놓았었다는 의미를 보여준다. 사실 여기 '오만'과 '편견'이라는 두 말은 각자의 관점을 따로 나타내는 것은 아닌 듯싶다. 달리 말하자면, 자신의 위치에 대한 남자 주인공의 자만심 그리고 차별화된 중류계층에 대한 편견을 나타낸다고 할 수 있다. 다른 관점에서 보면 여자 주인공의 개인적 자존심 그리고 상류계층의 스노비즘에 대한 편견을 또한 나타낸다고 할 수 있다. 이렇게 보면, 문학의 속성이 그렇듯이, 이것이 은유적 이중 표현인 듯싶다. 결과적으로 이 두 사람의 로맨스가 개인적인 또는 사회적인 편견을 넘어서서 하나의 의미 있는 화합의 주제로 반전하지만, 중요한 것은 균형을 잡지 못하는 '기울어진 편견'이 때로는 불편한 인간관계로 이어질 수 있음을 보여주고 있다는 사실이다.

나는 사람들의 '말하는 태도'에 대해서 몇 가지 편견을 갖고 있다. 그중에 하나가, 꼬집어 말하자면 '외래어 발음'에 관한 편견이다. 요사이 가짜 뉴스에 관한 이야기가 인구에 회자되고 있다. 어느 날 한 정치가가 텔레비전에 출연하여 '페이크 뉴스'를 거론하면서 그 폐해에 대해 목소리를 높이고 있었다. 영어의 'fake news'를 두고 하는 말이다. 이 사람은 그렇게 발음하도록 규정해놓은 우리나라 '외래어 발음법'을 충실히 지키고 있는 셈이지만, 나는 어쩐지 불편하기 짝이 없었다. 너무 강하게 '페이크'를 발음하고 있어서였을지 모른다.

대부분의 외국어 음소가 우리나라와 다르기 때문에 외국어 표기는 별도의 '외국어 표기법'에 따르도록 되어 있다. 그가운데에서 특별히 영어 소리 /f/와 /p/는 이를 함께 묶어서 우리 소리 /ㅍ/로 발음하고 또 적도록 되어 있다. 그런데 그 호환 때문에 큰 혼란이 일어나고 있는 것이 사실이다. 가령, 'fast food'를 '패스트 푸드' 또는 'fast pace'를 '패스트 페이스'라고 하면 상당히 혼란스럽다. 적절한 영어 표현이라고 할 수는 없지만 영어의 'fighting'을 어떤 사람은 '파이팅'으로 또 다른 사람은 '화이팅'으로 말하고 쓰면 역시 혼란스럽다. 페이스북(face book)도 마찬가지다.

문제는 혼란에서 끝나지 않았다. 나는 이 정치가에 대해서 색다른 편견이 생겼다. 이분은 중등학교와 대학을 다니면서 영어 배우기를 소홀히 했다는 생각이 들었다. 우리나라 초중등학교 영어 교과서는 이 /f/ 발음을 많이 강조한다. 가령, '아랫입술을 윗니로 물고 바람을 불어내라' 또는 '/p/는 두 입술에서 나는 순음(bilabial)이지만, /f/는 윗니와 아랫입술에서 나는 순치음(labiodental)이다.'라고 상당히 분석적인 설명까지 붙이는 경우가 있다. 그런데도 이분은 학창 시절에 이런 훈련을 게을리했던 것이 틀림없다. 그러면 다른 교과목도 소홀히 했을 가능성이 높다. 따라서 공부를 게을리한 그분의 입법 활동에 신빙성이 있을 수 없다. 이렇게 해서 나는 일종의 편견이 굳어지게 되었다. 물론 근거 없는 편견이다. 아마도 영어 선생을 오래 해서 생긴 편견일 것이다.

나는 사람들의 '인위적인 말'에 대해서도 어떤 편견을 갖고 있다. 사실 세계에는 7,000여 개가 넘는 언어가 있다. 각 언어는 나름대로의 발음－의미 체계 또는 발음만의 체계를 갖추고 있다. 또 그 안에는 많은 방언이 있다. 특별히 이런 방언 또는 모어 속에는 독특한 언어 감성이 녹아 있다.

우리나라 말에도 물론 방언이 있다. 예를 들면 경상도 사투리가 있고 서울 사투리가 있다. 영어와는 달리 우리나라 말에는 대체적으로 악센트가 없다. 그래서 상대적이지만 리듬감이 떨어진다고 말하는 사람도 있다. 그러나 반드시 그런 것은 아니다. 가령, 강약이 다양한 경상도 말 같은 방언이 우리나라 말에도 있다.

어찌 되었든, 이런 독특한 방언의 특징적 언어 자질을 필요에 따라 인위적으로 바꾸는 사람을 나는 믿지 않는다. 가령 투박한 악센트의 자기 모어를 경우에 따라 숨기고 조사가 한 음 떨어지는 다른 모어를 흉내 내는 사람에 대해서 나는 어쩔 수 없는 편견을 갖게 되었다. 그런 사람들에게는 친교의 신의 또는 사고의 일관성이 없으리라는 편견이 그것이다. 이 또한 근거 없이 기울어진 견해일지 모른다.

  자만에서 편견이 생겼듯이, 말하는 태도에서 편견을 쌓아 가는 것은 생각을 기울어지게 하는 불성실한 태도일 수 있다. 그러니까 첫인상에서 얻은 편견을 소통으로 풀어가는 피츠윌 리엄과 엘리자베스처럼 모름지기 우리도 안목의 균형을 잡아 가는 깊은 사려가 필요하지 않겠는가.

모국어, 모어 그리고 외국어

모국어와 모어(母語, mother tongue)
는 항상 같은 말이 아니다. 모국어는 자기가 오랫동안 살고
있는 지역 또는 국가에서 익숙하게 통용되어오는 언어다. 다
분히 공적인 언어다. 상대적으로 모어는 낳아서 키워주신 어
머니 또는 가족을 중심으로 이어지는 끈끈한 말이다. 어머
니의 말을 롤모델로 삼으며 우리가 숙명적으로 터득하는 말
이다. 그래서 어머니 말이라고 한다. 여러 말이 함께 어울리
는 케냐나 말레이시아나 미국 같은 나라는 모어가 사람에 따
라 다를 수 있다. 그러나 우리나라는, 거칠게 말해서, 전통적
인 가족 말(family talk)이 국민 언어와 상당히 같아서 모국어
와 모어가 같다고 할 수 있다. 그렇다고 모국어와 모어가 아

주 섬세하게 일치한다는 이야기는 아니다.

모국어는 어쩌면 어렸을 때부터 한 언어를 습득 또는 배우기 시작해서 사람들이 이를 의식적으로 다듬어간다. 그리고 그 사용 영역도 계속 확대해간다. 학교 교육이나 사회 교육을 꼽을 수 있다. 줄여 말하자면, 유의적 언어 학습에 집중하는 경향이 있다. 그러나 모어는 어머니 젖을 먹으며 터득하기 시작한 직감적 말이다. 물론 커가며 의식적인 언어 배우기에 집중하지만 적어도 터득한 말이 그 언어 밑을 관통한다. 그래서 아주 슬프거나 아주 기쁠 때면 어른이 되어서도 어쩔 수 없이 사투리 같은 어머니 말로 토로한다. 마치 천주교인들이 〈아베 마리아〉를 부르듯이. 하와이에서 옥수수밭을 일구던 초기 이민자들도 밤이나 낮이나 이런 어머니 말을 쓰면서 살았다. 시베리아로 강제 이민 간 사람들도 세월이 야속할 만큼 지나가버린 지금에도 흰 머리를 쓸어 넘기면서 모어 쓰기를 거듭한다. 그러면 떨떠름하게 막혔던 쓰린 속내가 어머니의 손길 효험처럼 슬그머니 녹아내리기 때문일 것이다.

외국어는 다르다. 그 언어도 원래 그 나라 또는 그 지역 사람들에게는 모국어 또는 모어였겠지만 거기를 떠나면 우리들에겐 타자가 된다. 외국어에는 사실 우리 어머니의 체취가 배어 있을 수가 없다. 가령, 떨리는 감정의 넘침을 외국어로 토해봤자 그 후련함이 우리 모어만 못하다. 우리가 외국어로 시를 쓴다고 해도 거기에는 혼이 끼어들기 힘들다. 다만 생각이 압도할 뿐이다. 가까이 가려 해도 늘 물 위의 기름처럼 겉도는 느낌이다.

최근 외국어인 영어 교육을 유치원에서부터 허용하자는 논의가 힘을 얻기 시작한 모양이다. 물론 영어가 어떤 나라의 모국어 또는 모어라기보다는 이제 세계어로서의 위상을 얻었기에 조기 영어 교육을 나무랄 일은 아니다. 그러나 돌다리도 두드려보고 건너는 마음으로 그 시기와 방법에 관한 타당한 논의가 이루어져야 할 것이다.

우선 한 예를 들어보자. 목적어(the target language)인 영어에 조기 노출되면 그 습득 효과가 상승한다는 이론적 근거가 담보되어야 할 것이다. 물론 일부 연구가 사춘기 이전의 조기 외국어 교육의 효과를 설명하고 있지만, 조기 교육은 모어를 익혀가는 과정을 따르겠다는 확인인 셈이 된다. 이 경우에는 자연스럽게 영어에 가까이 자주 노출되도록 환경을 조성할 수 있는 방법도 함께 논의되어야 할 것이다.

이와 관련하여, 또 다른 중요한 일은 외국어도 모어처럼 습득하는(to acquire) 것인지 또는 일반 교과목처럼 배우는 것(to learn)인지 입안자의 명확한 입장이 밝혀져야 한다는 것이다. 그러면 여기에 적합한 관련된 결정이 뒤따를 수 있을 것이다. 교육 이론도 변천을 거듭하고 있지만, 가령, 외국어도 습득될 수 있다면 조기에 교육을 시작할 수 있을 것이다. 만일 배우는 것이 더 효과적이라면, 모국어를 배우면서 뒤따라 시작해도 그렇게 늦지 않을 듯싶다.

사실 다양성과 다중 소통이 존중되는 현대 사회에서 모국어 또는 모어를 지나치게 내세우는 것도 어색하다. 젊은 사람들에게 프랑스어의 순결성을 내세우던 한 프랑스 정치인이 막상 회의장에 들어서서는 영어 교육의 필요성을 역설했다는 이야기는 아이러니한 현실이다. 어찌 되었든 경쟁적 현대 사회에서 우리가 합리적이면서도 모어 같은 그런 유연한 영어를 가르치고 배울 수 있으면 좋겠다.

영어를 잘 배우고 익힌 사람들이 주위에 있다. 그럼에도 불구하고 거기에는 어디엔가 불편하게 들리는 부분이 있게 마련이다. 외국어는 언제나 타자로 남는 모양이다. 혹시 그렇다 하더라도 기죽을 필요는 없다. 우리는 우리의 모어가 있지 않은가. 기차게 말을 하고 속 깊은 시까지 쓸 수 있는 바로 어머니 말 말이다.

"여러분 자신의 가장 진귀한 부분에 충실하십시오."

교육이란? 자신감을 키워주는 일

해가 다시 바뀌는 아침이다. 이맘때쯤에는 누구나 마음이 부산하다. 파란 하늘이 곧 진눈깨비로 변하는 그런 계절의 무상함 때문만은 아니다. 어쩌면 앙금처럼 가라앉은 아쉬운 일들이 새해에는 새롭게 변하기를 기다리는 긴장감 같은 것 때문일 것이다.

나는 새해 들어 교육에 관한 생각으로 마음이 부산하다. 나는 초중등학교에 다니는 외손녀들과 자주 전화를 한다. 오늘 학교에서 무엇을 배웠느냐 또는 커서 어떤 사람이 되고 싶으냐? 이런 질문을 던지곤 한다. 그러다가 선생님의 그 말씀은 이런저런 뜻이고, 또 너희들의 생각보다는 이런 사람이 되어

야 한다는 자문자답을 뜬구름처럼 내놓기 일쑤다. 당사자의
이야기가 존중되지 못한 이런 대화가 교육적인지 나는 지금
생각에 빠져 있다.

주위에서 많은 학부모들을 만나지만 그들의 '자식 사랑'이
유별나다. 그들은 자식들이 반에서 몇 등을 했는지, 수학 점
수는 얼마나 받았는지에 관심을 집중한다. 성적우선주의에
빠져 있다. 이런 성적 집착증은 자식들의 능력에 대한 과신에
서 비롯되는 경우가 많다. 아이들의 성장 과정에서 흔히 경험
하는 경이로운 행동들, 예를 들면, 어려운 어휘를 느닷없이
구사한다든가 복잡한 숫자를 기억하는 그런 경우를 부모들은
자식의 총체적 재능으로 바라보는 경향이다. 그래서 자기 자
식은 모든 것을 다 잘할 수 있는데 노력을 하지 않는다는 자
가진단을 하게 된다.

이런 일부 학부모들의 편견은 종종 부적절한 자식 지도법
을 내놓는다. 노력을 대신 해줄 수 있는 사람은 학원 선생님
이라는 생각에 이르는 것이다. 그래서 학원 밀집 지역으로 이
사를 가고 밤늦게까지 자식을 학원에 보낸다. 그러나 학원이

부족한 학습을 보충하기보다는 과다한 심화학습 또는 선행학습을 하는 것은 아무래도 개별 재능을 키우기보다는 건조한 지식만을 강요하는 것은 아닌지 걱정이 앞선다.

　사실 공교육기관이 학습의 수월성을 높이기 위해 많은 노력을 하고 있다. 물론 제한적이지만, 학습 환경에서 일어날 수 있는 활동, 예를 들면, 기억력, 추리력, 이해력, 변별력 등등을 향상시키기 위한 계획된 노력을 경주한다. 이런 학습의 결과는 객관적으로 평가될 수 있다는 전제가 일반적이다. 이는 아마도 효율성과 객관성을 내세우는 모더니즘과 무관하지 않아 보인다. 이런 전통적인 교육 풍토는 우리나라뿐만 아니라 세계의 교육 기조가 되고 있다고 할 수 있다. 이렇게 보면, 앞으로도 학부모가 바라는 객관적인 성적 향상은 아무래도 기본 교육에 충실한 학교 교육에서 찾아야 하지 않을까 생각해본다.

　문제는 학부모들이 학교 성적 올리기에 지나치게 몰두하고 있다는 사실이다. 물론 학교 성적이 부분적으로 앞으로의 사회생활과 관계가 있고 학교생활의 의미를 높인다는 점에서 중요하지만, 일생의 행복지수를 높인다는 차원에서 보면, 이와 대비될 만한 새 이론이 전세기 후반에 제시됐다.

인간은 독립된 여러 지능을 갖고 태어난다는 다중지능이론(The Theory of Multiple Intelligences)이다. 하워드 가드너는 이 이론에서 감성, 운동, 논리, 언어, 공간, 대인관계, 자기이해, 자연 탐구 등등과 같은 지능을 누구나 갖고 있다고 했다. 그런데 사람에 따라 그중에서 잘할 수 있는 재능이 다르다는 주장이다. 물리학자 아인슈타인이나 음악가 쇼팽을 보면 쉽게 알 만한 부분이다. 우리는 이 대목에서, 그러면 어떻게 젊은 이들이, 학교생활뿐만 아니라 인생의 긴 안목에서, 자신에 맞는 재능들을 발견하고 발전시킬 수 있을까 하는 교육적 고려가 절실하게 된다.

최근 미셸 오바바 미 대통령 부인이 행한 한 대학 졸업식 축사의 일부다 : "여러분 자신의 가장 진귀한 부분에 충실하십시오(I want you all to stay true to the most real, most sincere, most authentic parts of yourselves)." 학업 성적을 높이는 것도 중요하다. 그런데 보다 중요한 것은, 학습자 자신들의 수월

한 재능을 발견하고 정진하도록 계속 도와주는 일이 아닌가 싶다. 그럴 수만 있다면, 오랜 훗날까지, 그들은 진정 행복한 삶을 누릴 수 있지 않겠는가. 교육은 가르치는 일이기도 하지만, 자기 재능에 자신감을 키워주는 일이기도 하다.

앞으로 인공지능이 인간의 미묘한 사랑, 처절한 슬픔,

깊은 증오심, 종교적 경건함 같은 것까지 다룰 수 있을까?

사람 지능과 인공지능 사이

　　　　　　　　원고지는 단순히 지필묵의 일부가
아니다. 말하자면 글 쓰는 사람이 자기 마음을 담는 캔버스
다. 여기에 오밀조밀 글 그림을 그리면 시가 된다. 조금 길어
지면 오솔길이 있는 수필이 된다. 많이 길어지면 이야기가 흐
르는 소설이 된다. 이 모든 것들은 독자를 기다리는 이른바
문학 텍스트다.

　나는 짧은 글이라면 요즘에도 원고지를 사용한다. 네모 칸
이백 개를 차곡차곡 채워가다 보면 거친 생각이 부드러워지
지 않을까 하는 기대감 때문이다. 나는 한때 영문 텍스트를
우리말로 옮겨본 적이 있다. 그때마다 나는 앉은뱅이책상 위

에 원고지를 얹어놓고야 작업을 시작하곤 했다. 초록색 줄이 반듯한 원고지를 나는 신호했다. 엄마가 써나가다 보면 성에 안 차서 뜯어낸 파지가 방 한쪽 구석에 수북이 쌓이는 경우가 허다했다. 애석한 일이었지만, 어쩔 수 없는 아날로그식 처사였다.

그 후 타자기 시대를 거쳐 온·오프라인 시스템의 발전 덕분에 컴퓨터 자판을 활용하게 되었다. 아주 편리해졌다. 그러다가 세상이 급변하면서 어찌된 일인지 나는 가벼운 현기증을 느끼게 되었다. IT 산업기술의 발달로 자율주행 운전이니 가사 도우미 로봇이니, 네 가지 언어로 안내하는 인천공항의 인공 안내원이니, 더구나 자동 번역 서비스니 하는 것들이 사람이 해오던 일들을 대신하게 되었기 때문이다. 그러니까, 사람이 기계에 밀려난 셈이다.

이런 엄청난 일을 주도하는 장본인은 인공지능(AI)이다. 지능이란 무엇인가? 일반적으로 '새로운 상황에 대한 정신적 적응성(mental adaptability)'이라고 할 수 있다. 다시 말하면, 사물 간의 관계 정보를 인식 저장하고 이를 분석하여 새 상황에 적응하는 능력이라고 할 수 있다. 근래 연구에 따르면 까마귀나 돌고래 같은 동물들도 그들 나름대로의 지능을 갖고 있다지만, 인류 문명사를 보면 고급 지능은 인간만이 갖고 있다는 것이 일반적인 견해다. 그런데 바로 그 인간의 지능이 개발한 인공지능이 자기 주인을 따라 잡거나 또는 앞지를 수도 있다는 전망이 나오고 있다. 정말 놀라운 일이다. 가령, 사람(지능)과 인공지능과의 바둑 대결에서 후자가 승리를 얻을 수 있었다는 사실은 어떻게 달리 설명하기가 껄끄럽다.

더구나 사람들이 오랫동안 자존심을 갖고 해오던 글쓰기 작업마저도 이 인공지능이 대신하기 시작했다는 리포트가 있다. 아직 초보 단계라지만, IT 기업들이 관심을 집중하고 있다고 한다. 인공지능이 많은 어휘를 저장하고 또 그 언어의 복잡한 구조를 분석 합성하여 새로운 글을 내놓을 수 있는 가능성이 있기 때문이다. 특히 언어 요소의 호환 가능성 때문에 번역 분야에 더 큰 관심을 보이는 모양이다. 창작 분야에서도, 어떤 문학 텍스트를 인공지능으로 하여금 자세히 읽게 하고 거기에 대한 글쓰기 주제를 주었더니 어느 정도 읽힐 만한 결과를 얻었다고 한다. 여기서 '읽힐 만하다'라는 말은 제

삼자가 읽어보니 부분적으로 사람의 글과 구별을 할 수 없었다는 뜻이다. 그러나 재미있는 셋은 그 마지막 쿠메트다 : "그 글에는 인간의 마음을 닮은 부분도 있어 보이지만, 그것은 틀림없이 진실이 아니다(it looks like there's a human heart in parts of the prose, even if that's simply not true)."

그러면, 글쓰기는 이렇게 두뇌 활동에만 의존해도 가능한 것인가? 전통적으로 종이(원고지)에 적어오던 인문적 글쓰기는 물론 지적 활동이기도 하지만 다분히 정서적 느낌의 결과라고 할 수 있다. 만일 그렇다면, 뛰어난 두뇌 활동을 담보할 수 있는 인공지능일지라도 어떤 한계가 있지 않을까 하는 생각이 든다. 아니면 인공지능의 잠재적 능력 자체가 진화하여 마음의 씀씀이마저 포용할 수 있다면 그건 또 다른 이야기이다. 사실 인간의 지력과 마음이라는 두 영역은 상호 교류 작용을 하는 것으로도 알려졌다. 심장의 신경세포가 머리의 뇌와 수시로 교류하며 감성을 촉발한다는 말이다. 만일 그렇다면 인공지능이 감성을 유발하는 어떤 영역과 교류할 수 있는 능력을 갖출 가능성은 상존한다. 다만, 그것이 앞으로 인간이 그랬던 것처럼 섬세하게 진화한다는 전제에서다. 혹시 먼 훗날 인공지능이 진화하여 인간의 미묘한 사랑, 처절한 슬픔, 깊은 증오심, 심지어 종교적 경건함 같은 것까지를 다룰 수 있을지는 아무도 모른다. 어쩌면 영원히 불가능할지도 모른다.

　나는 뒷전에 밀려 있던 원고지를 다시 꺼내든다. 전처럼 한 번 써보고 싶은 생각에서다.

우리 문화는 하나와 하나가 합쳐
큰 '하나'가 되는 온건한 문화다.

'하나'와 '하나 더하기 둘' 사이

나는 '하나'가 '함께 지님(通有)'을 뜻하는 말이라는 것을 깊이 생각해보지 못했다. 거저 더하고 빼는 수학의 기수(基數) 정도로 생각했다. 사실 서양 셈법에 따르면 하나는 둘을 만드는 기초다. 그래서 하나에 또 다른 하나를 더하면 둘이 된다. 그러나 우리 셈법에 따르면 '하나'는 단순한 기수일 수도 있지만 아닐 수도 있다. 그러니까 경우에 따라서는 '하나'와 다른 '하나'가 합쳐서 새로운 '하나'가 될 수도 있다는 말이다. 우리 문화는 이와 같이 하나와 하나가 합쳐 큰 '하나'가 되는 온건한 문화다.

서양 문화는 개별 특질을 존중하는 특유(特有)의 문화다. 다시 말하면, 정수(整數)인 하나와 또 다른 정수 하나가 합하면 둘이 된다. 그러나 합쳐도 둘 사이에 항상 틈새가 있어서 원래의 특성이 그대로 남아 있게 마련이다. 그래서 서양 문화는 공통성보다는 다양성을 존중한다.

서양 문화는 이런 개별 자질들을 나누고 더하는 셈법 문화다. 아주 잘게 나누거나 아주 크게 더하면 각 특질이 보다 명료해지거나 각 다양성이 보다 다채로워진다. 이런 개별적인 개념은 디지털 방식의 통신이나 컴퓨터, 나아가서 인공지능을 기술적으로 발전시키는 데 기초가 되었을 것이다.

이런 개별성은 사람 관계에서 개인주의(individualism)를 낳게 한다. 자기만의 특질을 갖고 있는 사람들이 모이면 다양성이 높아진다. 이 다양성을 수용하는 사회는 민주주의로 발전하게도 된다. 그렇지 않은 사회에서는 그 과정에서 어느 정도의 진통을 겪게도 된다.

우리 문화는 이것과 대조적이다. 앞서 본 것처럼 하나와 하나가 합쳐도 둘이 아니라 큰 '하나'가 될 수 있는 문화이기 때문이다. 그래서 우리 문화는 더하는 문화라기보다는 둘이 융합하는 문화라고 할 수 있다. 샛강이 모여 바다가 되는 형상이다.

한 문화의 특성은 그 안에 사는 사람들의 언어로 나타나기 일쑤다. 가끔 인용되기도 하지만, 서양 문화의 개인주의를 잘 나타내는 말이 '나(I)'다. 이 '나(I)'는 항상 대문자로 쓰인다. 하나님에 버금가는 발상이다. 가령, 나라는 '우리나라'가 아니라 항상 '내 나라(my country)'다. 부인은 '우리 마누라'가 아니라 항상 '내 부인(my wife)'이다.

통유 문화인 우리 문화에서는 '나' 대신 '우리'라는 공유의 의미를 활용한다. '내 학교'가 아니라 '우리 학교'다. 우리말을 영어로 옮길 때 아주 애를 먹지만, 우리말엔 자주 주어가 생략된다. 주어가 있어야 할 자리에 '나'가 아니면 묵시적으로 '우리'가 생략되기 때문이다. 이런 습관 때문에 반드시 '나'가 있어야 할 때에도 습관적으로 '내가'가 빠지는 경우가 허다하다.

좋든 나쁘든 작금의 인구에 회자되는 말은 '글로벌'이다. 이는 바로 서양 문화를 두고 하는 말일 듯싶다. 어기에 발맞춰 우리 젊은이들은 우리 전통문화와는 다르게 개인주의로 옮겨가고 있는 것이 사실이다. 그 결과 세계의 다른 나라와 겨눌 만한 실적을 내게 된 것은 다행스러운 일이기도 하다.

그러나 상대적인 말이지만, 문제는 통유 문화에 익숙한 세대와 특유 문화에 익숙해가는 세대 간의 괴리가 깊어져가고 있다는 우려다. 가족 단위의 가정이 핵가족 중심의 가정으로 탈바꿈하는 경향이 그 예라고 할 수 있다. 인구 감소의 문제도 어쩌면 이와 관련이 있는 듯 보인다.

나는 급변하는 새 문화에 익숙한 젊은 사람들의 말을 알아듣지 못할 때가 종종 있다. 그들이 쓰는 '헐'이 무슨 말인가 했더니 대강, '저런(Oh my goodness)' 정도의 말임을 최근에야 짐작하게 되었다. 문자 메시지에서 'ㅎㅎ'나 'ㅋㅋ'는 짐작할 수 있다지만, 그들이 대놓고 선생님을 '샘'이라고 하고 일요일을 '일욜'이라고 하다 보니 어른들도 따라서 그렇게 말하기 시작한 모양이다. 세상이 너무 빨리 변하고 있다.

미 공군 사령관 이취임식 참관기

미국 태평양공군 한미공군구성군 사령부 사령관 이취임식이 지난 연말에 한 공군기지에서 거행되었다. 나는 이임하는 사령관과의 작은 인연으로 이 행사에 초청을 받고 다소 들뜬 기분으로 참석하게 되었다. 반세기 전 이곳에서 초급장교로 근무했던 지난 시절을 되새길 수도 있다는 단순한 생각 때문만은 아니었다. 어쩌면 복잡한 국제 관계 속에서 우리나라 영공을 우리 공군과 함께 지키고 있는 미 공군의 결연한 자세를 직접 확인해보고 싶은 그런 직감적 기대감 같은 것 때문이었을 것이다.

이런 기대는 조금도 어긋나지 않았다. 오랜 시간이 흘렀지만 아직도 그렇게 낯설지 않은 기지를 지나 활주로 옆에 마련된 행사장 안으로 들어섰다. 이미 낳은 네 징병들과 내빈들이 자리를 잡고 있었다. 곧 이어서 우리 공군참모총장과 연합사령관 그리고 태평양공군사령관이 이취임하는 두 사령관과 함께 등단했다. 이 중에서 가장 눈길을 끄는 사람은 바로 간이 공군모에 별 네 개를 단 여성 대장 로빈슨이었다.

기수단이 입장하고, 양국 국가가 연주되고, 이임자에게 국선장이 수여되고, 공군구성군 사령부 지휘권이 이양되었다. 이어서 태평양공군사령관이 신임 사령관에게 새 공군기가 전달되었다.

우리가 주지하듯이, 태평양공군사령부 사령관직은 환태평양 전역의 하늘을 책임지는 막중한 보직이다. 그 책임을 이 여성 장군이 걸머지고 있다는 것은 나는 처음 알았다. 오늘날 우리나라를 위시해서 많은 여성 지도자가 세계를 이끌어가고 있고, 또 인류사를 보아도 지극한 모성 중심 사회가 있었음을 우리는 잘 알고 있다. 더구나 다양하고 변화무쌍한 현대 사회에서는 상대적으로 유연한 리더십이 요구되고 있음을 또한 이해할 수 있다. 그러나 전통적으로 동서양을 막론하고 강인한 힘을 바탕으로 삼는 군인 사회는 적극적인 남성 중심으로 운용되었다는 것도 사실이다. 이를 감안한다면, 여성이 사성을 달고 그런 막중한 임무를 수행하고 있다는 것은 모든 참석자들, 특히 동양 사람들의 눈길을 사로잡기에 충분했다.

로빈슨 사령관의 모습에는 절도 속의 섬세한 여성적 리더십이 돋보였다. 이임하는 사령관에게서 공군기를 회수 받아 신임 사령관에게 이양하는 과정에서도 그녀의 범접할 수 없는 절제 속의 유연한 모습이 보였다. 훤칠한 키에 파란 여성 공군복을 차려입은 그녀는 이취임하는 두 장군의 거수경례에 화답하면서 단호하지만, 그러나 유연한 여성 특유의 멋을 보여주었다.

단호함과 유연함이 함께 가는 그녀의 모습은 축사에서도 엿보였다. 이는 아마도 뉴햄프셔대학에서 영문학을 전공한 그녀의 인문학적 소양에서 우러나오는 것이 아닌가 싶다. 전임 사령관의 업적, 특히 장병들의 복지 향상에 기여한 점을 상기시켰고, 취임 사령관에게는 신선한 격려의 말을 전했는데, 거기에는 확신의 어투가 배어 있었다. 영어 특유의 인토네이션 가운데에서도 다소 떨리는 듯한 호소력이 있었다. 심세함 속에 확신을 주는 그런 여성적 리더십의 발로가 아닌가 싶었다.

신임 사령관의 항공기 명명식이 있었고, 이어서 "박차고 오른다 저 거친 창공으로/치솟아 달린다 저 태양의 빛 속으로(Off we go into the wild blue yonder/Climbing high into the sun)", 이렇게 시작하는 미 공군가 제창이 있었다. 열성적인 여성 장군과 함께 모두 박수를 치며 부른다. "하늘을 달리는 우리 꿈을 보아라." 아주 오래전에 불렀던 우리 공군가를 생각나게 하는 대목이었다.

푸른 제복을 입은 미 공군 사령관들의 모습에서 그들에겐 낯선 우리 하늘을 우리와 함께 지키겠다는 결연한 모습을 나는 보았다. 떠나는 사령관에게 작별의 정을, 그리고 새로 부임하는 사령관에게는 격려의 마음을 각각 전하면서 식장을 나왔다. 밖엔 겨울바람이 차갑다. 나는 '절도 있음'이 '유연함'과 함께 가면 '새 멋이 생긴다'는 생각을 해본다.

먼 하늘을 바라본다
― 현충일을 맞이하여

　　　　　　　　나는 먼 하늘을 바라보고 있다. 어쩌면 거기에서 우리의 시작을 볼 수 있으리라는 기대감 때문이다.

　한 소녀가 즐비한 묘석 한가운데 서 있다. 그는 아빠의 손을 잡고 태극기를 흔든다. 그는 한국전에서 전사하신 할아버지 묘지 앞에서 유복자로 태어난 아빠의 이야기를 귀담아듣고 있다. 고개를 숙인 채 한참을 기다렸다가 할아버지 묘비를 작은 손으로 훔쳐낸다.

　여기 철원 깊은 계곡엔 백발의 한 노인이 서 있다. 이 계곡은 당시 젊은이들이 우리 아들딸들을 지키려고 목숨을 바친 피의 전쟁터였다. 이맘때면 그는 눈앞에서 산화한 전우들을 위해 진혼곡을 헌정한다. 이 트럼펫 곡은 친구들의 넋이라도 불러오려는 절절한 절규다. 구슬프게 이어지는 그 나팔 소리는 메아리로 돌아와 듣는 이의 가슴을 떨게 한다.

참담했던 당시 전투를 회상하는 한 낯선 외국인도 있다. 말 그대로 엄동설한 개마고원 장진호 전투 이야기다. 한쪽 다리를 잃은 부상병이 내지른 말이다. '나를 두고 빨리 퇴진하라. 너는 살아야 한다.' 재촉하는 이 한마디는 아무나 할 수 있는 말이 아니다.

나는 소름끼치게 만드는 사람 소리를 이때면 듣는다. '사람 살려', 어렴풋이 들리는 이 가냘픈 소리. 6·25 전쟁이 터진 며칠 후 내가 살던 마을을 저지선으로 삼겠으니 집을 비워 달란다는 군 소식을 동네 이장이 전해왔다. 우리는 즉시 보따리를 둘러메고 집을 떠났다. 3, 4일 후에 돌아와 보니 집이 난장판이었다. 우리는 차마 저녁 준비를 못 하고 방에서 떨고만 있었다. 적막이 깊어진 자정이 되었다. 뒷동산에서 작은 목소리가 세 번이나 들렸다. "사람 살려." 어찌할 바를 몰랐다. 그저 그분의 영혼을 위로하고 있을 수밖에 없었다.

이렇게 어렵사리 살아온 우리들이 아닌가, 그런데도 아직 남과 북이 서로 눈을 흘기며 사는 우리는 정말 누구인가. 단지 형제를 죽인 카인(Cain)의 후예일 뿐인가. 오늘 현충일을 맞아 나는 멀리 하늘을 바라본다. 우리가 시작한 거기에도 전쟁의 신이 있는가. 나는 오늘도 먼 하늘을 바라본다. 우리의 시작을 볼 수 있을까 하고.

아담이 태어나고 그의 갈비뼈에서 이브가 생긴 이래
남녀의 관계는 사실 사랑과 갈등의 교차 역사였다.

답답함에 먼 하늘을 다시 본다

세상이 어지럽다. 지난주 나는 대학로에 볼일이 있어서 혜화동 지하철역을 거쳐 종로 방향으로 걷고 있었다. 그 역서부터 사람들이 붐비고 고성이 난무했다. 아스팔트 차도에는 젊은 여성들이 빽빽이 앉아 한 리더의 구호를 따라 외치고 있었다. 마이크 소리가 째지듯 고음으로 울려서 처음엔 무슨 말인지 알아들을 수가 없었다. 귀담아들으니 대체로 남성의 성폭력을 규탄하고 남녀평등을 법적으로 보장하라는 요구였다.

일어나서는 안 될 일들이 일어나고 있다. 지난 몇 주에만도 여성에 대한 남성의 성희롱과 폭력, 폭행과 살해 등이 이어서 일어났다. 통칭 몰카라는 히든카메라는 장소와 때를 가리지 않고 여성들을 괴롭히고 있다. 권력과 돈을 이용한 이런저런 남성 위주의 이른바 갑질이 난무하고 있다. 이런 사회 풍조에 대해 여성들이 항의하는 것은 어쩌면 당연한 일이다.

나는 이런 작금의 거친 상황을 보고 언뜻 프로이트(Sigmund Freud, 1856~1938)의 '이드(id)'라는 말을 떠올린다. 지난 세기까지만 해도 많이 인용되던 이 정신분석학 용어인 '이드'는 카오스 상태의 원초적 에너지의 결집이다. 우리가 알고 있듯이, 프로이트는 사람의 퍼스낼리티(personality)는 '이드'와 '에고(ego, 자아)'와 '수퍼에고(superego, 초자아)'의 상호관계로 결성된다고 한다. '이고'가 '이드'의 잡다한 욕구들을 현실적으로 해결해보려는 중재자라고 한다면, 그리고 '수퍼에고'가 미래지향적이고 도덕적인 입장에서 '에고'를 압박하는 재판관이라고 한다면, 그러면 '이드'는 한마디로 자기의 욕구를 만족시켜야 한다고 막무가내로 대드는 망나니다.

'이드'는 특히 무의식에 잠재하면서 본능적인 욕구를 충족 또는 분출하려고 계속 시도한다. 가령, 배고픔 또는 성욕이 어떤 자극을 받으면 긴장으로 인식하고 이를 해소하며 쾌락을 얻으려 한다. '이드'는 충동적이고 비합리적이어서 이 긴장 해소를 참을성 없이 시도한다. 그 방법의 일환으로 공상, 환상, 또는 '꿈'으로 자기 소원 충족(wish fulfillment)을 삼기도 한다. 그러나 '에고'가 이 '이드'에 부분적으로라도 굴복하면, 그 사람의 퍼스낼리티는 파산의 길을 걸을 수밖에 없을 것은 자명하다.

이렇게 보면 앞서 말한 남성들의 거친 행동은 아마도 '에고'가 '이드'에 굴복한 너절한 모습이 아닌가 싶다. 미숙한 에너지가, 꿈과 같은 소원 만족 정도에 머무르지 아니하고, 어떤 다른 행동으로 표출될 때에는 우리가 목격한 그런 참상이 일어날 수 있다. 따라서 건전한 퍼스낼리티를 발전시키기 위해서는 '수퍼에고'와 협력하여 적절히 이 버릇없는 '이드'를 다스리는 '에고'의 역할이 중요하다. 이에 관하여는 프로이트의 딸 안나 프로이트(Anna Freud)가 아버지의 조사 연구를 정리하여 특히 유아교육과 정신치료에 참고가 될 수 있는 지적 정보를 마련하고 있다.

언젠지 모르지만 아담이 태어나고 그의 갈비뼈에서 이브가 생긴 이래 남녀의 관계는 사실 사랑과 갈등의 교차 역사였다고 할 수 있다. 대체적으로 '애틋한' 관계가 이어지다가도 힘의 논리로, 억압과 복종의 관계로 파행의 길을 걷기도 했다. 더구나 세월이 흐르면서 남녀의 역할 분담이 애매해지기 시작했다. 섬세함이 특성으로 꼽혔던 여성성은 투박함으로까지 그 영역이 확장되었고, 투박함으로 존경받던 남성성은 겁쟁이로 조롱의 대상이 되기도 했다. 전세기 초쯤에는 여권의 신장을 위한 소위 페미니즘(feminism) 운동이 각 분야에서 일기도 했다. 특히 문학 분야에서는 페미니즘 학회가 발족되어 작품 활동뿐만 아니라 학술 연구도 활발했었다.

그러다가 급기야는 경쟁 사회가 심화되고 개인주의가 팽배하면서 앞서 말한 '이드'의 철없는 행동이 심해졌다. 이에 대항하는 여권 운동은 드디어 작금의 혜화동 집회와 같은 양상으로 번지게 되었다. 성난 여성들의 으름장이 요란하다. 가령, 여성우월주의를 내세우며 남성혐오까지를 부추기는 워마드(womad)라는 사이트는 국제적인 영향력을 갖게 되었다.

‘혐오’라는 거친 말은 이제 거두어야 한다. ‘평등’이라는 산술적 개념의 말도 맞지 않는다. 마음을 나누는 인간관계에서 일대일의 대응이 평등이 아니다. 여성과 남성은 그 신체적 특성에서부터 정신적 역할이 다르다. 이를 서로 존중하는 태도가 필요하다. 서로 존중하던 옛날의 그 ‘애틋한’ 관계를 우리는 회복해야 한다. 나는 답답한 마음에서 먼 하늘을 다시 바라본다.

그녀의 마무리 몸짓은

죽음을 춤추는 바로 지젤의 그림자다.

얼음판 위의 지젤

김연아 선수가 〈지젤(Giselle)〉 무용곡을 열연했다. 모스크바에서 거행된 피겨스케이팅 세계선수권대회 여자 싱글 쇼트 프로그램에서였다.

북유럽에는 산이 험준하여 전래되는 초자연적 민담이 많다. 가령, 우리가 잘 아는 〈솔베지의 노래〉는 노르웨이의 구드브란스달 계곡에 사는 난장이 트롤(Troll)과 관계가 있다. 마찬가지로 이 〈지젤〉 무용곡도 독일 라인 강가의 계곡에서 전해 내려오던 망령(spirit) 민담에서 유래되었다.

지젤은 독일 라인 강가 계곡의 한 포도밭 마을에 사는 시골

처녀다. 여기에 가을 포도가 익으면 왈츠가 흐르는 포도 축제가 열린다. 여행 중이던 한 청년이 공작이라는 신분을 숨기고 이 축제에 끼어든다. 알브레히트(Albrecht of Silesia)라는 이 젊은이는 이목구비가 단정한 미남이다. 지젤은 이 사람과 곧 사랑에 빠진다. 그러나 지젤은 운명적으로 그의 약혼녀를 만나게 된다. 그리고 그의 신분도 밝혀진다. 그 청년은 다시 오겠다는 약속을 하고 그 자리를 떠난다.

이 충격은 불행하게도 순진한 지젤을 죽음으로 몰아넣는다. 다음 막으로 이어진다. 지젤이 묻힌 묘지다. 여기서 윌리스(Willis)라는 처녀 망령들이 이곳을 찾아오는 남자들과 밤새도록 춤을 추어 급기야는 죽게 만들곤 한다. 드디어 지젤에게 사과하려고 찾아온 알브레히트도 덫에 걸려든다. 그러나 지젤은 그와의 춤을 독차지하여 그를 구해낸다. 하지만 날이 밝자 그녀는 다시 자기 무덤으로 돌아가야 했다.

김연아는 2분 50초 동안 바로 이 으스스한 무용곡을 얼음판 위에서 홀로 추었다. 마치 윌리스 망령들 틈에 끼어 사랑하는 알브레히트를 구하려고 안간힘을 다하는 지젤처럼. 김연아는 반 어깨띠를 단 검은 드레스를 입고 있었다. 왼손을 왼쪽으로 치켜들고 춤을 시작했다. 그리고 김연아는 당차게 스텝을 내디디며 혼신의 춤을 추었다. 변신하듯 스핀을 돌았다. 우아하게 플립을 이어갔다. 그러나 마치 자신의 무덤을 향해 돌아가야 하는 지젤이 된 양, 김연아는 이내 오른손을 오른쪽 옆구리 위로 뻗쳐 들고 고뇌에 찬 모습으로 마감했다. 인상적인 몸짓이었다.

죽음을 겪고서도 어째서 거짓말을 했느냐고 따지지도 않으면서, 오히려 둥글기만 한 정감을 연출한 김연아는 정말 빼어난 빙상 무용가였다. 우아하면서도, 어찌 보면 섬뜩하기까지 한 마무리 몸짓은 죽음을 춤추는 바로 지젤의 그림자였다.

시합에서 지고 나면 눈물을 보일 때가 있다.
이 눈물은 그러나 진지함의 뒤풀이다.

진지하기와 여유 부리기

"콩트르 아타크(역공)와 콩트르 파라드(막고 찌르기)를 번갈아 썼다. 잠시라도 멈춰 있으면 다리가 떨릴 것 같아 부지런히 피스트(경기대)를 뛰었다. 그러다 보니 끝났다. 결과는 금메달이었다." 이것은 2012 런던 올림픽 여자 단식 펜싱 경기를 막 끝낸 금메달리스트 김지연의 말이다. 주위를 살피지 않고 최선을 다하는 이런 모습은 아름답다.

유럽 검투를 모델로 삼은 펜싱 경기는 우리에게 익숙하지 않다. 콩트르니 아타크니 피스트니 하는 용어는 낯선 프랑스 말이다. 그러나 김 선수가 우주복 같은 운동복을 얼굴부터 내려 쓰고 앞뒤로 내달리며 칼끝을 내찌르는 몸놀림은 한마디로 날렵했다. 경기 용어를 잘 몰라도 좋다. 그저 그 날렵한 몸짓으로 뛰어다니는 진실한 모습을 볼 수 있었기에 즐거웠다. 진실함은 늘 우리에게 충격을 안겨준다.

김지연 선수는 수상식을 끝내고 또 이렇게 말했다. "사람들이 '깜짝 금메달'이라고 한다. 사실 내가 더 깜짝 놀랐다. 내가 미쳤나 보다." 잘 알려진 일화지만, 영국의 낭만주의 시인 바이런(Lord Byron)은 지중해 여행을 마치고 귀국하면서 긴 서사시 「차일드 해럴드의 유랑」를 완성했다. 이 시를 보고 환호하기 위해 그 다음 날 모여드는 사람들을 보고 그는 이렇게 말했다 : "아침에 잠에서 깨어나 보니 내가 유명해져 있었다(I woke one morning to find myself famous)."

앞서 김 선수가 토로한 이야기는 바이런의 이 일화를 연상시키기에 충분하다. 만약 '코치에게 감사하고 부모님에게 영광을 돌리겠다.'는 틀에 박힌 말을 했다면 이 얼마나 썰렁했을까. 그는 이제 '열심히 뛰었다'라는 말로 요약되는 진지함을 끝내고 "사실 내가 더 놀랐다"라는 말로 여유를 보여주었다. 다부진 결심으로 시합하는 진지한 모습은 정말 아름답다. 여기에 이어지는 여유로운 모습은 더욱 아름다웠다.

앞서 거행된 경기에서는 신아람이 오심으로 패배했다. 연장전 1초를 남겨두고 스코어는 5 대 5. 이대로 끝나면 우선권을 쥔 신 선수의 승리로 끝날 수 있었다. 그러나 상대 선수의 네 번째 공격이 성공할 때까지 시간은 가지 않고 1초 그대로 남아 있었다. 실의에 찬 신아람은 1시간 동안 피스트에 그대로 주저앉아 눈물을 펑펑 쏟았다. 그녀는 그 게임에서 졌기 때문에 그토록 울었을까? 아니다. 유럽 경기인 펜싱에 도전하는 한국의 선전을 견제하려는 냉엄한 국제 스포츠 현실을 질타하려는 것이었나? 아니다. 오직 최선을 다했던 자기의 진지함이 훼손되었기 때문이었다. 틀림없이 그의 눈물은 스포츠 경기의 진지함을 완성할 수 없었다는 사실에 대한 진지한 어필이었다.

속 깊은 선수들은 시합 결과에 연연하지 않는다. 온 힘을 다할 뿐이다. 이런 선수들도 시합에서 지고 나면 눈물을 보일 때가 있다. 이 눈물은 그러나 '속 좁음의 들통나기'가 아니다.

오히려 진지함의 뒤풀이다. 그렇기 때문에 그는 곧 눈물을 거두고 잔잔한 미소를 보일 수 있다. 그 미소는 여유라는 말의 다른 표현이다.

나는 이런 미소를 보면 세상이 확 트이는 환희를 느낀다. 이번 런던 올림픽에서도 그런 모습을 보았다. 수영에서 역도에서 높이뛰기에서 실점을 하고 나서 눈물을 떨어뜨리다가도 곧 마음을 보듬는 웃음을 보았다. 여유였다. 베토벤의 교향곡 제9번을 듣는 기분이었다.

진지하게 살면서도 유머를 통해 여유를 보이는 사람들이 있다. 셰익스피어에 버금가는 인기를 아직도 누리고 있는 영국의 처칠 경은 뛰어난 유머 감각을 갖고 있었다. 어느 날 국회 등원 길에 계단에서 넘어졌다. 이를 본 의원들이 웃어대자 그는 "그렇게 즐거우시면 한 번 더 넘어지겠습니다."라고 농담을 건넸다. 세계대전을 승리로 이끈 그의 정치적 진지함에다 여유로운 유머 감각까지 갖추고 있었다. 그는 고인이 되어서도 시골 자기 동네의 작은 교회 옆에 묻히는 여유를 보였다.

아일랜드에서 태어난 극작가 버너드 쇼(George Bernard Shaw)는 그의 비문이 '우물쭈물하다가 내 이럴 줄 알았다'라는 우리말로 번역되어 잘 알려져 있다. "오래 살다 보면 이런 일이 일어나리라는 것을 내 진작 알고 있었다(I knew if I stayed around long enough something like this would happen)." 정도로 번역하면 족할 것 같은데, '우물쭈물'이라는 말이 끼어들어 더 유머러스하게 되었다. 잘된 일일 수도 있다. 어찌 되었든 이 비문은 많은 문학적 업적을 남기며 진지하게 살다가도 죽음에 대해서까지 여유를 보인 명언이다.

산다는 것은 운동경기 하듯 열심히 길을 걷는 것인지 모른다. 우리는 이 길을 걸으면서 봄 여름 가을 겨울을 둘레둘레 둘러보는 여유를 가져야 할 듯싶다. 마치 진지하게 땀을 흘린 운동선수가 경기를 끝내고 그 '진지했었음'에 미소를 지을 수 있듯이. 죽음이라는 끝자락이 보이더라도 '우물쭈물'하다가 여기까지 왔다며 잔잔한 미소를 짓는 그런 여유 말이다.

〈낭만에 대하여〉는 달콤한 낭만의 분위기 속으로
우리를 몰아가는 초대장이다.

낭만에 대하여

굳은비 내리는 날
그야말로 옛날식 다방에 앉아
도라지 위스키 한잔에다
짙은 색소폰 소리 들어보렴

— 최백호 노래 〈낭만에 대하여〉 중에서

'낭만'이라는 말을 들으면 누구나 귀가 솔깃해진다. 앞뒤 아귀가 딱 들어맞는 것이 아니라, 그냥 마음을 흔들어놓는 이 야기를 기대하기 때문일 것이다. 매주 토요일 늦은 밤이면 〈콘서트 7080〉이라는 노래 프로그램이 방영된다. 나는 이 프 로를 좋아한다. 흘러간 노래를 들을 수도 있고 가끔씩 새 노래도 들을 수 있어서다.

어느 날 저녁 이 프로그램에 최백호 가수가 출연해 〈낭만에 대하여〉를 열창했다. 역시 귀가 솔깃해졌다. 가수의 떨리는 고음도 고음이었지만 아마도 낭만이라는 노랫말 때문이었을 것이다.

가만히 들어본다. 이 노래는 달콤한 낭만의 분위기 속으로 몰아가는 초대임이 틀림없다. "짙은 색소폰 소리 들어보렴." 이런 초대를 거절할 사람이 어디 있겠는가. 이토록 떨리는 고음으로 재촉하는 유혹에 넘어가지 않을 사람이 어디 있겠는가. '그래 가지', '가고 말고' 하며 벌떡 일어날 듯싶다.

그것도 궂은비 내리는 날의 초대다. "그야말로"라는 촌티 나는 말로 정말 촌디 풍기는 그런 옛날식 디방으로의 초대다. 그 추억의 도라지 위스키가 있는 다방으로의 되돌림 초대. 이런 로맨틱한 분위기에서 호흡 소리가 가냘프게 묻어나는 알토 색소폰 소리를 들어보라지 않는가.

우리는 언젠가 이런 술을 마시고 색소폰 소릴 들으며 마냥 즐거워했던 때가 있었다. 요사이는 아이리시 위스키도 있고 스카치 블루도 있지만 한국전쟁 후에는 이 도라지 위스키가 유행했었다. 안주 하나 없이 도라지 위스키를 스트레이트로 마시다 보면 곧 취기가 올랐다. 다음 날 빠개질 듯한 두통은 아랑곳하지 않았다.

우리보다 앞 세대도 이런 분위기를 좋아했던 모양이다. 영문학자이신 은사님 한 분은 제자들과 맥주 한잔 기울일라치면, 허풍이 조금 끼어 있었겠지만, 명동에서 웨이트리스의 하이힐을 술잔 삼아 맥주를 마시던 추억담에 열을 올렸다. 그분은 청량리 경성제국대학 예과에 다니던 아직 젊었을 때의 한 일탈이었다고 애써 토를 달았다. 그 집에도 축음기에서 흘러나오는 색소폰 노래가 있었다고 했다.

무교동에는 '낭만'이라는 맥줏집이 있었다. 나는 이 은사님을 따라 그 집에서 밤늦게까지 술을 마시던 기억이 있다. 맥주 값이 저렴하기도 했지만 낭만을 아는 사들이 모여 낭만을 이야기하느라고 그랬는지 모른다. 저음으로 깔리는 색소폰 소리 때문이었을지도 모른다. 은사님은 월말에 한꺼번에 계산한다고 하시면서 외상을 고집했다.

경제학을 전공한 한 친구는 늦게서야 색소폰을 배우기 시작했다. 어느새 연주 실력이 범상치 않게 되었다. 색소폰은 오케스트라에 끼어들지 않는다고 했다. 그 음색이 다른 악기와는 다른 독자적 깊이와 너비를 갖고 있기 때문이라고 했다. 사실 쉬었다가 다시 시작할 때 올라타는 절묘한 이끎음(subtonic)이 색소폰 내장을 한 바퀴 돌아 나오면 듣는 사람의 오장육부를 송두리째 흔들어놓기에 충분하다. 두텁다가 얇아지고, 무거웠다가 가벼워지는 색소폰 소리는 사람을 향긋한 슬픔에 젖게 해준다. 색소폰은 이렇게 낭만의 이야기를 만들어낸다.

'낭만'이라는 말은 '로맨틱(romantic)'의 우리말이다. 이 말은 달콤하게 어떤 대상 또는 분위기를 꾸밀 때 더 멋있다. 낭만적인 사람, 낭만적인 이야기, 낭만적인 분위기 등등은 머리로 따지기보다는 가슴으로 느끼게 하는 존재이거나 상태다. 그런데 확실한 것은 여기엔 아무래도 색소폰 소리가 곁들려야 제격이라는 점이다.

Van Gogh, *Blossoming Almond Branch in a Glass with a Book*(detail), 1888

아름다움은 영원하다

안 병 대 | 한양여자대학교 교수

　날이 저물고 캠퍼스에 정적이 드리우고 있었다. 교수님께서 보내주신 글들을 가만가만 깨웠다. 어느 순간 그 글들은 부드러운 목소리로 말을 건네기 시작했다. 교수님의 목소리도 들렸다. "안 선생, 어떻게 생각해요?" 그때 기억의 저편에 숨어 있었던 영국 시인 로버트 브라우닝의 시 한 편이 불현듯 떠올랐다. 서가 구석에서 시집을 찾아냈다. "저 벽의 초상화는 내 전처요./마치 살아 있는 듯이 보이지요…… 거기 그녀가 서 있소,/마치 살아 있는 듯이. 일어나실까요?"(「내 전처」 1–2행; 48~49행) 공작은 궁정 벽에 걸린 초상화를 가리키며 방문객에게 지난 아내의 모습을 조근조근 설명하고 있었다. 얼굴 표정과 시선과 미소, 그리고 내면의 열정까지.

분위기는 판이하지만, 묘하게도 교수님의 산문들은 브라우닝의 '대화 시'와 궤를 같이한다는 느낌이다. 브라우닝의 '극적 독백'처럼, 교수님의 글들은 우리 독자를 작품 속으로 초대하고 있기 때문이다. 어느 글이든 행간에는 독자를 부르는 목소리가 담겨 있다. '자, 이 시를 읽어봐요.' '이 음악도 들어보실까요.' '이 풍경을 보세요.' 그리고 다음과 같은 너그러운 목소리도 들린다. '다른 시선으로 보셔도 괜찮습니다. 텍스트란 독자와 소통하는 가운데 새롭게 태어난답니다.' 그랬다. 놀랍게도 교수님의 '글쓰기'는 본인이 평생을 견지해온 '독자 중심 글읽기'의 실천이었다. 교수님의 이야기는 대상과 부단히 대화를 나눈 결과물인 동시에 또 다른 독자의 소통을 기다리는 대상이었다.

교수님은 첫 산문집 『석류의 마음』(2009)을 출간한 이후에도 새롭고 다양한 대화 상대가 있었던 듯하다. 시와 산문과 그림과 음악을 즐겨 만난 사연이 많았다. 동네 산책길에서나 이국의 여행지에서 마주한 풍정들도 대화 상대였다. 손녀와 제자들에 대한 생각뿐만 아니라 교육과 문화와 같은 주제, 그리고 초대받은 행사와 목도한 시위대와 스포츠 경기 등에도 유념(留念)하고 소통했다. 서재에서 시를 읽고 글을 쓰는 모습이 선연했다. 아침에는 아마 모닝커피와 함께 라디오 음악 프로그램을 듣고, 오후엔 때로 산책길에서 들꽃을 만나고, 저녁엔 가끔 TV를 보고 계신 모습도 생생했다. 이방인 여행자로서 고독한 여정의 정경도 눈에 선했다.

모든 문학이 어느 정도 그런 속성을 갖고 있으나, 특히 수필문학은 글쓴이의 진솔한 체험의 고백이라고 할 수 있다. 육체의 기록이며 영혼의 고백이다. 육체의 사실적 체험과 영혼의 상상적 고백을 날줄과 씨줄로 엮어서 직조해낸 정직한 무늬이다. 교수님은 삶에서 자연스럽게 마주하는 체험들을 시공을 넘나드는 자유로운 사유의 비행을 통해 때론 경쾌하고 섬세하고 생생하게, 때론 진지하고 예리하게 그려낸다. 거리를 두고 교수님의 글 전체를 바라본다. 이 세상이 아직도 '순수하고 따뜻한 사랑'으로 이루어졌음을 새삼 깨닫는다. 아름답다. 다가서서 바라본다. 경쾌한 글의 흐름 속에서 섬세한 해석, 예리한 통찰, 진솔한 주장, 진지한 상념들을 만난다. 잠시 호흡을 가

다듬는다. 지적 쾌감이 있다. 감동이다.

수필은 글쓴이의 마음의 거울임을 실감한다. 글의 질감은 교수님의 품성을 닮아서 부드럽고 따뜻하고 순수하다. 간결한 문장 속에도 고민을 새겨 넣었다. 그 주제와 무게와 너비와 깊이는 사유의 관심과 저울과 잣대에 따라 다채롭다. 진지한 사색과 날렵한 사고가 어우러지기 때문이다. 체화된 사관(史觀)의 깊은 호수, 그 수면 위에 일시적 감성이 빛나기 때문이다. 한편으론 당신의 거대한 '사유의 궁전'을 다 보여주고 싶지 않기 때문일 것이다. 아마 교수님은 겨울보다는 봄을 더 좋아하는지도 모른다. 어쩌면 요란한 세상과 변덕스런 세태와 거리를 두고 싶은지도 모른다. 무엇보다도 우상과 권력과 시대 변화와 같은 거대담론들이 진실을 얼마나 담아낼지 의심하고 있는 때문일 것이다.

문학이든, 음악이든, 그림이든, 좋은 예술은 영혼의 양식이다. 육체가 바뀌면 삶이 바뀐다고 하나, 영혼이 바뀌면 세상이 바뀐다고 하지 않는가. 그러나 그 보물함을 어떻게 만나며 어떻게 열 것인가? 저마다 인연은 다양할 것이다. 교수님의 사연은 학창 시절 스승이신 금아 피천득 시인과의 만남이었다. 그리고 당신이 평생 동안 영미 소설을 가르치는 노정에서 그 보물 상자를 여는 비밀을 터득하셨다. 글의 화자와 독자가 열린 대화를 한다면 본래의 보물 같은 텍스트는 새로운 보물로 다시 태어난다는 것이다. 그 소통 방법 중의 하나는 바로 독자의 감성과 지성이 펼쳐내는 연상(聯想)이다. 교수님은 "물살이 잉어같이 뛴다"는 금아의 시구에서 비 갠 후 햇살에 반짝이는 물길과, '물살을 거스르는 잉어'의 모습과, 미당의 "내 누님같이 생긴 꽃"을 떠올린다. 그리고 마침내 그 구절에서 '생동하는 삶의 아름다움'을 발견하고 영원히 '생동하는 삶의 찬가'를 듣는다.

'삶이 살 만한 가치가 있는 것은 거기 어딘가에 아름다움이 숨어 있기 때문이다.' 이 말은 교수님의 진솔한 글들이 들려주는 화두인 듯하다. 교수님은 요즘처럼 거칠고 척박한 토양에서도 아름다운 꽃 같은 장면들을 피워냈다. 아쉬움을 아쉬움으로 남겨놓고 자신이 선택한 길을 묵묵히 걸어가는 우리, 샘물을 치우고 송아지를 돌보는 성실한 농부, 골목에 핀 장미꽃에서 전설의 미인을 발견하는 즐거움, 헛간 앞 빨간 외바퀴 손수레의 휴식, 밤늦은 시간 공원길을 킥킥거리며 돌아다는 젊은 여자들, 산책길에 만난 국화꽃, 꿈에서나 만나는 아련한 옛 고향, 이국의 여행길에서 만난 '어떤 미소' 등등. 참으로 아름다운 풍경들이다.

또한 교수님은 불협화음이 난무하는 우리의 일상에 청신한 화음도 선물했다. 새해 아침 거짓을 몰아내고 진실을 맞이하느라 온 대지에 즐겁게 울려 퍼지는 종소리, 오후 나절 드넓은 공원에서 즐기는 열린 음악회, 아침 라디오 방송, 하루에도 30만 번이나 뛰는 심장의 고동 소리, 멋진 졸업 축사의 울림, 리듬과 휴지(休止)가 어우러지는 시 낭송, 빙상장을 숨죽이게 하는 애절한 음악, 우쿨렐레가 연주하는 먼 바닷가 파도 소리, 원고지에 마음을 담는 소리, 손녀에게 편지 쓰는 소리. 어쩌면 먼 훗날 손녀는 빛바랜 편지를 발견할 것이다. '아, 할아버지가 보내주셨던 편지야!' 그러므로 삶의 아름다움은 영원하다. "아름다움은 꿈처럼 사라지는 것이라고 그 누가 꿈결에라도 생각했을까?"

오랫동안 교수님을 뵈어왔다. 30여 년이다. 그새 시대의 변화는 야단스러웠다. 세상의 물정도 많이 변했다. 하지만 교수님의 모습은 한결같다. "차 한잔씩 해요." 교수님은 항상 그렇게 만남을 시작하신다. 첫 대학원 수업에서도, 올해 세배를 드리는 자리에서도 다름없는 그림이다. 그러므로 교수님과 함께하는 공간은 항상 여유가 있다. 더불어 강의와 대화는 항상 이렇게 이어진다. "그래, 어떻게 생각해요?" 그러므로 교수님과 함께한 시간은 언제나 교감이 있다. 원컨대, 교수님께서 여유를 가지시고 온 세상과 아름다운 대화를 나누시는 모습을 계속 뵙기를 소망한다.